CAT MERRY LISHI

LA CONJURATION DES FOUS

Ah, joyeux souvenirs de mon premier internement... quelle fête !

LE MAITRE DE L'ÉTRANGE

"Puisque je vous dis que je ne suis pas un sorcier ! Laissez-moi sortir !" (Insane Harry)

"Ma couleur préférée ? Rouge... non, bleue !" (Le Sphinx avant sa disparition)

"Ce livre m'a rendu gris de nouveau" (G. Le magicien)

"Ce livre m'a médusée" (Le blog de la gorgone)

LES SAISONS DE L'ÉTRANGE

SAISON 2

LES SAISONS DE L'ÉTRANGE™ EST UN LABEL DIRIGÉ PAR
MELCHIOR ASCARIDE, VIVIAN AMALRIC ET ARTHUR PLISSECAMPS
COUVERTURE DE MELCHIOR ASCARIDE

WWW.SAISONSDELETRANGE.COM
ISBN 978-2-490972-00-5
IMPRIMÉ EN BULGARIE
(AVEC DE L'ENCRE ISSUE DE PLUMES DE CHACHOUETTES)

Prologue

Sous le rideau de feuilles argentées, les gangues d'écorce rousse se balançaient au bout des branches qu'elles ployaient sous leur poids. Leurs cloches végétales carillonnaient une ritournelle de boîte à musique autour du tronc rugueux.

Dissimulé à la vue des autres occupants du Jardin des espèces pénibles, le majestueux Ganguier abritait sous son dôme un refuge de quiétude, ensommeillé pour l'éternité. La mousse émeraude tapissait les soubresauts des racines d'une couverture moelleuse et invitait le promeneur, enchanté par la comptine des cosses, à s'abandonner à la rêverie.

Quelque part dans le néant, une pendule, sans doute un de ces modèles antiques et branlants, sonna douze coups ; la frontière de minuit fut franchie.

Une silhouette pénétra péniblement dans le sanctuaire, en arrachant le fragile rideau pour se frayer un chemin d'un pas hésitant, elle bouscula les gangues dans un concert de tintements sinistres. Une toux violente secoua l'intrus et il expectora une humeur noirâtre sur le tapis vert. Courbé par la souffrance, il tenta de se redresser en agrippant un fruit à sa portée, mais il lui échappa et une racine traîtresse le précipita à terre dans une ultime cacophonie végétale.

Le corps demeura inerte, la tête reposant sur l'étrange matière chaude et bruissante. Puis quelque chose d'énorme remua derrière, une ombre monumentale masqua le tronc du Ganguier au moribond.

Un feulement sonore comme une trompette retentit, un bâillement monstrueux qui emplit l'air d'une odeur fauve. Le Sphinx était éveillé.

« Quel désordre ! Quel désordre… », grogna la créature au visage humain approximatif. « Et maintenant que vous m'avez fort impoliment tiré de ma sieste, je suppose que vous avez une question à me poser ? »

Seuls, un râle douloureux et un crachat écarlate lui répondirent.

Peu impressionnée, la chimère s'étira, son échine arrondie pressant le tronc de l'arbre massif qui rétorqua d'un grincement outré. La démangeaison apaisée par le va-et-vient sur l'écorce, elle approcha sa gueule mafflue de l'indésirable pour renifler ses loques rougeâtres et palper d'un coup de front ses tempes humides et bouillantes.

Satisfait de son bref examen, le mastodonte se redressa, battit l'espace de sa queue tronquée avant le fouet et, dans un mélange de pataude lourdeur et de grâce féline, posa son séant sur le tapis satiné.

« Êtes-vous las, sur le point de sommeiller, ou bien mourant, prêt à franchir la frontière de l'existence ? » s'informa le Sphinx en basculant légèrement la tête de côté d'un air faussement compatissant. « Avec vos vies qui filent si vite... »

La silhouette tendit une main chancelante, invitant la créature à se baisser pour mieux l'entendre.

« Bien, très bien, je vous écoute, mais parlez plus fort et de manière intelligible. Je ne peux répondre à une question que si elle est énoncée avec la plus grande clarté. »

Un sifflement s'échappa des lèvres tremblantes du condamné, une interrogation posée comme une prière aux oreilles attentives de la bête.

« Toujours. Toujours les mauvaises questions », soupira le Sphinx, avant de saisir délicatement le corps entre ses pattes.

La gueule levée au firmament argenté du feuillage, il poussa alors un rugissement terrible. Les racines tortueuses du tronc millénaire vibrèrent, son écorce sillonnée de rides profondes tressaillit, la voûte tout entière frémit sans un bruit, les fruits muets de stupeur. Le monde se brouilla le temps d'une respiration.

Et tout changea.

Quand le silence aussi implacable que celui dans l'œil du typhon succéda aux échos de son hurlement, le Sphinx disposa de l'humain. Il trottina ensuite autour du Ganguier impassible et décida finalement d'un endroit satisfaisant pour s'y allonger.

« Qu'en penses-tu, mon vieil ami ? » chuchota la chimère à l'arbre enchanté, les paupières déjà closes. « J'ai bien mérité une autre sieste. »

Le tintement des gangues lui répondit, doux comme une mélodie de boîte à musique.

I

Devant la porte massive à doubles vantaux, Ophidia hésita. *Une ouverture assez large pour que le cheval de labour du vieil Eusèbe pénètre avec sa charrue*, pensa-t-elle, agacée à la fois par l'ampleur du portail et la réminiscence incongrue de son souvenir d'enfance. La poignée façonnée pour un géant l'obligerait à dresser haut le bras pour l'atteindre, et lui rappellerait désagréablement sa taille menue qu'elle s'efforçait d'allonger à l'aide de talons démesurés. À l'abri de son parapluie, dégouttant de l'insidieux crachin qui l'avait accueillie à sa descente du bateau, elle leva les yeux vers le ciel toujours invisible. Des croisées rectangulaires striées de barreaux ponctuaient les deux premiers étages de la bâtisse, au-delà, les murs et les fenêtres à peine plus larges que des meurtrières s'évanouissaient dans la brume en lambeaux.

Une prison fantôme.

Elle s'imagina soudain longeant à perpétuité d'interminables couloirs bordés de geôles, spectre chétif sous un drap maculé de taches, le pied encerclé dans une chaîne et au bout, le boulet.

« Ophidia, ma fille, reprends-toi, marmonna-t-elle, les esprits ne se salissent pas. »

Elle baissa la tête pour fixer la porte monumentale envahie d'un bestiaire étrange. Un menuisier particulièrement imaginatif avait sculpté des figures à demi animales, à demi humaines, dissimulées dans le feuillage des moulures. Son voyage s'achevait comme il avait commencé, dans l'extravagance, à l'entrée tarabiscotée de son nouveau lieu de travail, l'Institut.

Huit jours plus tôt, après son départ précipité de l'hôpital de Bonnefin provoqué par sa nomination inattendue à l'Institut, elle embarquait sur le *Joyeux Luron* avec un ordre de mission urgente.

La navigation en vaporavoile s'était déroulée paisiblement à travers les terres immergées, parfois aussi vastes que des mers intérieures lorsque les montagnes qui les bordent se réduisent en plateaux indistincts à l'horizon. Le bâtiment avait caboté sans avarie d'une île-colline à l'autre, la chaudière éteinte et les voiles gonflées de vent favorable, épargnant à la voyageuse les fumées pestilentielles du combustible — un amas hétéroclite de choses putréfiées qu'elle avait aperçues, entassées dans la soute.

Ophidia avait eu tout le loisir de se remettre du bouleversement de son départ pendant la semaine placide, passée à contempler le paysage sous le soleil imperturbable. Jour après jour, l'étrave s'enfonçait dans le moutonnement de vagues gris mordoré et sinuait les sommets ronds que la végétation parait avec luxuriance de boucles émeraude. Les colonies d'oiseaux, nichées dans d'immenses plates-formes au faîte des plus grands arbres, peuplaient ces îlots et brisaient de leur tapage le clapotis monotone. Parfois, les masures de bric et de broc d'un hameau humain surgissaient à leur place, silencieuses, mais les toits hirsutes de chaume, hissés par des pilotis vers le ciel, ressemblaient aux nids géants. La croisière ne suscitait, en somme, guère plus de dépaysement qu'une ballade sur les rivages de l'archipel des Brésilines, aux alentours de Bonnefin.

Seule passagère, ses bagages rassemblés trop rapidement ne lui offraient aucune distraction, car ils ne contenaient que l'essentiel, comme elle le constata lors de son inventaire méticuleux. Dépourvue de lecture, de papier ou de crayon, elle combattit l'ennui en s'intéressant aux manœuvres maritimes, mais ses approches se soldèrent par un échec ; ni les matelots ni leur capitaine ne désiraient sa compagnie. Impassibles, ils l'écoutaient et s'obstinaient à lui répondre d'une dénégation ou d'un hochement de tête, au mieux d'un mot, bien loin de l'affabilité qu'on aurait pu attendre des marins du *Joyeux Luron* si mal nommé. Quand ils assuraient la distribution du courrier aux brèves escales dans les îles-collines les plus importantes , elle avait surpris leurs airs de frustration sans comprendre l'hostilité qui transparaissait dans leur raideur à son égard.

Comme à une étape elle avait souhaité descendre à terre pour se dégourdir les jambes, le capitaine se départit de son mutisme pour l'en dissuader fermement, lui déclarant que le temps était compté. Effectivement, à peine l'officier postal avait récupéré le sac à lettres des villageois, en échange du sien, qu'il avait regagné le bord après un conciliabule coléreux à la suite duquel les autochtones jetèrent un regard noir en sa direction. Mal à l'aise, elle s'était réfugiée dans sa cabine et s'appliqua désormais à beaucoup dormir ; une cure de sommeil entrecoupée de repas frugaux et de gymnastique, pratiquée sur le pont sous la surveillance réprobatrice de l'équipage, ne pouvait qu'être bénéfique pour commencer en forme sa nouvelle mission.

Un matin, le capitaine s'était déridé après avoir consulté son calendrier et longuement scruté l'horizon. Presque enjoué, il invita Ophidia à se joindre à lui pour dîner, le soir même, pour leur dernière halte. La sélection de sa tenue occupa la jeune femme la journée entière, satisfaite du dérivatif. Quand elle eut mis en désordre sa garde-robe, incertaine du choix convenant à la soirée en compagnie d'un butor, celui-ci toqua et la prévint de leur arrivée imminente alors que, vêtue à moitié, elle hésitait encore.

Son hôte n'avait pas consacré tant d'effort à son apparence, la mèche graisseuse et le menton hérissé de ses poils blancs ordinaires, il avait simplement boutonné son veston sur sa bedaine. Le sourire en coin, il s'abstint cependant de toute remarque en découvrant Ophidia juchée sur les talons aiguilles de ses escarpins d'apparat. Elle les avait enfilés en vitesse bien qu'ils jurassent abominablement avec le chemisier cramoisi noué sur l'ample jupe bleue à volants multicolores, élus pour leur inspiration pirate.

La baie minuscule où le vaporavoile mouilla au couchant croulait sous l'amoncellement d'efflorescences jaune d'or. Quand ils débarquèrent pour gagner la gargote au bout du ponton, les pétales de la taille d'une main se refermèrent en poings étincelants aux derniers rayons solaires et jetèrent mille feux dans l'azur violacé.

Joviale, la patronne en robe aussi florale que sa cuisine et son vin leur servit une omelette aux corolles accompagnée d'une piquette fraîche et sucrée. Pendant qu'ils dégustaient leur repas, le capitaine consentit à confier les raisons de sa mauvaise humeur, enfin dissipée. Abasourdie, la voyageuse apprit que le *Joyeux Luron*, ordinaire caboteur de commerce, avait été réquisitionné par ordre spécial du Ministère des Précautions, et sommé de la transporter en moins de huit jours à destination sous peine d'amende. Outre que la traversée leur coûtait les gains habituels de leur négoce, la menace les avait rendus furieux, à la merci du moindre caprice météorologique, mais le temps clément les avait favorisés et la prime promise pour le succès de leur entreprise rembourserait leur perte. De surcroît, leur dernière escale leur permettait un bénéfice : les matelots chargeaient au moment même une cargaison de fleurs, délices des gourmets, des esthètes et des alcooliques d'Ysenhaut.

Un peu avant minuit, le *Joyeux Luron* reprit sa route, embaumé du parfum des jonchées d'or épandues sur le pont. Ophidia s'endormit ivre de leur odeur en serrant la gerbe offerte par le capitaine légèrement gris, lui aussi. La fin du voyage s'acheva dans les brumes comateuses dont la passagère n'émergea que pour péniblement boucler ses bagages.

Il pleuvait quand, sans plus de déférence qu'ils en auraient montrée pour un colis, les marins la plantèrent sur le quai désert à la nuit tombée, avec ses valises et son bouquet, en bas du funiculaire qui menait à la cité d'Ysenhaut. On n'y voyait goutte à dix mètres, le brouillard engloutissait les hauteurs, mais sous leurs parapluies identiques, deux hommes postés près de la guérite la dévisageaient avec insistance... et une sorte de déception. Compassés, vêtus du morne costume des émissaires sous mandat gouvernemental, ils se tenaient à distance l'un de l'autre et se différenciaient grâce à leur chapeau, un melon et un képi plat. Comme ils ne bougeaient pas d'un poil en la contemplant, Ophidia, ruisselante sous la pluie, tapa du pied, chaussé d'une improbable bottine à talon compensé qui, sans l'ornement de dentelle, aurait passé pour une prothèse orthopédique particulièrement boueuse. La mare qu'elle troubla jaillit pour éclabousser l'ourlet de son pantalon d'uniforme, aussi blanc que ses chaussures auraient dû l'être. Les gouttes huileuses le parcellèrent de taches, attisant sa contrariété, mais sa manœuvre avait tiré les deux mannequins de leur léthargie.

« Mademoiselle Mambala ?

– Ophidia Mambala, je présume ?

– C'est bien moi », opina-t-elle avec vigueur du menton, d'un coup sec qu'elle espérait impressionnant. « Bonsoir, messieurs, à qui ai-je l'honneur ? »

Aucun ne lui répondit, l'homme au melon lui tendit un parapluie noir comme les leurs, celui au képi lui fourra dans la main une attestation estampillée de gros tampons réglementaires. Sous le halo de l'unique lampadaire de la jetée, la destinataire frissonnante parcourut la missive. La lettre à en-tête du Ministère des Précautions précisait que les porteurs au nombre de deux, témoin l'un pour l'autre et pour la demoiselle Mambala des autorités qu'ils représentaient, étaient les seuls habilités à la conduire à l'Institut. Ophidia s'interrogea un instant sur la signification des paraphes illisibles et l'authenticité de l'ordre. Cependant, trempée dans la pénombre du quai battu par l'averse, elle estima que les pourvoyeurs de parapluie ne pouvaient lui vouloir de mal. À travers la bruine, elle regarda les lumières tremblotantes d'Ysenhaut, cent mètres plus haut, et déclara :

« Bien, prenons le funiculaire, il est tard et je gèle.

– C'est-à-dire qu'il est en panne », bafouilla le melon en perdant sa prestance roide.

L'autre détourna la tête vers la gauche et d'un geste embarrassé désigna une zone sombre.

« L'escalier se trouve là, mais rassurez-vous, nous sommes pourvus de lampes à manivelle pour éclairer notre progression. » Et il sortit de sa poche un de ses engins portatifs qu'il commença à remonter.

Ophidia réprima un haut de corps, l'escalade compterait bien trois cents marches comme dans tous les ports en bas des plateaux fracturés, ses bottines la tortureraient avant la centième. Idéales pour les coursives hospitalières, elles permettaient uniquement les descentes pressées dans les escaliers de service.

« Impossible ! s'exclama-t-elle, je ne peux pas monter ce calvaire après mon voyage exténuant. »

Elle mentait avec aplomb : jamais elle ne s'était tant reposée depuis l'obtention de son diplôme à l'école de la Santé.

« Je m'abriterai dans la guérite pour la nuit ! Et puis, comment le funiculaire peut-être en panne ? Cela n'arrive jamais.

– Le congrès de pâtissiers…

– Pardon ?

– Le congrès des Bons Pâtissiers », intervint à son tour le képi. Les deux chapeaux échangèrent un signe de reconnaissance qui parut à Ophidia plus gourmand que réglementaire.

« Je ne vois pas le rapport entre le funiculaire et une pièce, fût-elle montée.

– Les pâtissiers de toutes les îles et de toutes les terres du haut, ou en tout cas beaucoup d'entre eux se réunissent une fois l'an à Ysenhaut pour le congrès, lui expliqua le melon, un honneur pour nous et une grande fête pour tous les habitants. Seulement…

– … les artisans du sucre ont tendance à nourrir copieusement leur embonpoint alors comme le funiculaire était bondé, la charge fut trop pesante pour les bêtes », continua son partenaire en képi.

Devant la mine ahurie de la voyageuse, il ajouta précipitamment sur un ton vertueux :

« Bien qu'il n'y ait pas eu d'infraction sur le nombre d'embarqués, trois des mules employées par la voirie souffrent de luxation suite à l'excédent pondéral des passagers.

– Ce serait un crime de les mettre au travail aujourd'hui, les pâtissiers l'ont bien compris. Aucun n'a souhaité emprunter l'escalier non plus, remarquez, et la ville leur offre l'hôtel pour les dédommager, reprit le premier.

– Une dépense imprévue, renchérit l'autre, les lèvres pincées.

– Mais je suis requise à mon poste, en urgence, avec cet escalier à surmonter ? s'indigna Ophidia.

– La guérite est cadenassée.

– Nous porterons vos bagages.

– Et votre bouquet, si vous le désirez », ajouta le melon avec un temps de retard.

Vaincue, Ophidia refusa de céder ses fleurs et entama la montée, suivie des deux hommes flanqués chacun d'une valise et d'une lampe à manivelle. Quand la chiche luminosité s'épuisait, ils s'arrêtaient ; le zézaiement des rouages pendant qu'ils rechargeaient les piles berçait l'infirmière au point de l'endormir debout.

En haut des trois cent dix-sept jalons qu'elle avait recensés à mi-voix pour distraire ses douleurs, une voiture attelée avait accueilli les pieds martyrisés d'Ophidia, ainsi que le reste de son corps fourbu et ses deux guides. Le cocher n'avait pas bougé de son siège et, dès qu'ils furent grimpés, la berline s'ébranla sans qu'une parole ait été proférée dans la nuit. Quelques minutes plus tard, ils descendirent devant le perron de trois marches qu'elle espéra avec ferveur être les dernières à gravir. Elle avait alors découvert l'ultime épreuve de son voyage, la poignée gigantesque, hors de portée. Trop haute pour elle.

Le silence immobile avait duré sur le seuil de la porte. En dépit de leur taille nettement supérieure à la sienne, aucun de ses compagnons n'esquissa un geste pour déverrouiller l'huis. À la fin, elle s'éclaircit la gorge enrouée, vexée par l'offense habituelle, l'affront régulièrement subi depuis qu'elle avait su, sa croissance terminée, qu'elle frôlerait à jamais le mètre cinquante sans l'atteindre.

« Pouvez-vous, s'il vous plaît… la porte ?

– Désolé, mademoiselle Mambala, nous ne pouvons vous ouvrir, la poignée relève de votre ressort… » Le képi plissa le front, embarrassé, quand il s'aperçut trop tard que ses derniers mots manquaient de tact. « Mes hommages, mes hommages, mademoiselle, balbutia-t-il.

– Notre mission s'achève ici, nous devons vous quitter, mes hommages, mademoiselle Mambala », répéta le melon en reculant.

Le dos tourné, se croyant assez éloigné pour ne pas être ouï par l'infortunée, il murmura au képi d'un ton navré : « je la voyais plus grande ».

Avant que la stupéfaction indignée de leur protégée ne lui permette de recouvrer la voix pour protester, les malotrus avaient tourné casaque et s'étaient engouffrés dans la voiture. Un claquement sec résonna au-dessus de la jument attelée qui partit au trot.

Un filet d'eau glacée s'était insinué dans son décolleté pendant que le nez levé, Ophidia essayait de deviner le nombre d'étages qu'il lui faudrait grimper pendant son engagement à l'Institut. Elle reboutonna le col de sa popeline et, d'un geste familier, repoussa sous son coquet béret blanc une virgule de cheveux couleur jais qui s'en était échappée.

Cette bougresse de clenche lui paraissait moins inaccessible maintenant qu'elle avait cherché en vain le toit invisible dans la brume. Sans lâcher le parapluie ni son bouquet, elle sauta et l'agrippa.

II

La porte s'ouvrit avec violence. Ophidia s'affala à quatre pattes sur le sol quadrillé blanc et noir d'un vestibule mal éclairé, le nez dans les boutons d'or de ses fleurs étalées. Au-dessus d'elle, lointaine, une voix haut perchée nasilla :

« Bonsoir, monsieur. »

Alors qu'elle se dépêtrait de son parapluie, la personne dont l'infirmière apercevait le revers rouge des pantalons ajouta d'un ton toujours peu amène et vibrant d'indignation :

« Quelle singulière manière d'entrer, monsieur, vous avez trempé le carrelage. »

Ophidia avait fini par se relever et se frottait les paumes endolories par sa chute. Dans la pénombre de la pièce étroite, à peine éclairée par une ampoule nue, elle distinguait mal le visage du géant filiforme qui lui parlait, la main encore posée sur la poignée de la porte. Elle comprit soudain qu'il avait tiré le battant au moment même où, accrochée comme un éléphanteau volant de l'autre côté, elle le poussait dans l'élan. Désarçonnée, elle rassembla son bouquet et récupéra le parapluie en balbutiant des excuses.

« Navrée, je ne m'attendais pas à... »

Mais l'homme avait déjà empoigné ses valises et, ployant sous leur poids comme un bouleau sous le vent, il s'éloignait. Un rai de lumière s'agrandit, sa silhouette dégingandée se profila brièvement dans l'encadrure d'une autre porte puis, à grandes enjambées, il s'évanouit dans la clarté chiche du couloir qui prolongeait l'entrée. Avant qu'il disparaisse, l'infirmière lui cria :

« Attendez ! Et puis, qui êtes-vous ? »

Des paroles inintelligibles lui parvinrent et plutôt que de s'égosiller, elle s'élança sur les traces de son hôte revêche. Sous ses talons, l'écho des carreaux fit place au bruit feutré d'une moquette quand elle sortit du vestibule, immédiatement suivi de deux chocs étouffés derrière elle. En sursautant, elle tourna la tête pour constater que les issues s'étaient refermées sur l'extérieur, barré désormais par le portail démesuré puis un panneau matelassé de cuir : son service commençait de façon inquiétante. Elle resserra les doigts sur le bec de son parapluie et le pointa comme une arme de fortune, ou une canne d'aveugle, pour explorer son nouveau territoire.

Plusieurs globes fluorescents ponctuaient le plafond à intervalle régulier et vibraient au rythme d'une pulsation. Ophidia en compta quatre avant de corriger son erreur en plissant les yeux : le lumignon d'un cinquième vacillait, à peine visible au loin. Les gouttes de lumière orangée bruinaient sur l'obscurité sans que leur faible incandescence coule dans les angles. Les parois s'arrondissaient alors, estompées dans l'ombre, pour transformer le couloir en un long conduit de tuyauterie ; aussi peu accueillant qu'un tube digestif, d'après l'infirmière. L'homme avait disparu, digéré peut-être. Bravement, elle s'engagea dans le boyau jusqu'à la première lampe.

Deux portes grises flanquaient les murs à cet endroit et, à travers les craquelures de la peinture, la luisance ambrée dessinait des motifs cabalistiques. Chacune était percée d'un clapet de la taille d'une main ouvert sur un guichet grillagé, beaucoup trop haut pour qu'Ophidia puisse jeter un coup d'œil à l'intérieur. D'ailleurs, la noirceur y régnait et elle n'éprouvait pas vraiment l'envie de regarder ni même de baisser les poignées en métal. Et puis, au-dessus des trous d'espion, des panneaux la renseignaient sur l'utilité des pièces grâce à d'élégants caractères cursifs, ils annonçaient à gauche « *La Réserve* », à droite « *L'Autre Réserve* ». De quoi ? Fichtre, elle n'en savait rien et ne désirait pas l'apprendre avant d'avoir retrouvé le voleur de valises. Elle reprit sa progression tâtonnante en maugréant des considérations peu flatteuses sur les dénominations dépourvues de sens pratique.

Sous le globe suivant, l'exploratrice découvrit une intersection avec un couloir perpendiculaire, lequel étendait de chaque côté ses tronçons lugubres dans la brume orange échappée des appliques. D'abord perplexe, elle décida de continuer tout droit, pour ne pas errer davantage dans les entrailles de la sinistre bâtisse. Elle foulait la moquette avec plus d'assurance en atteignant le troisième plafonnier quand une traînée lumineuse traversa le velours verdâtre à ses pieds, une espèce de mouvement ondulatoire, luisant comme celui d'un serpent minuscule, qui la fit sursauter, un cri étouffé au bord des lèvres. Ophidia n'appréciait guère ces bestioles dans la nature bien qu'elles pullulent autour de son village natal aux Brésilines, elle les aimait encore moins sur son lieu de travail malgré son prénom — choisi par ses parents, fermiers et guérisseurs, en l'honneur du caducée.

L'étincelle s'éteignit brusquement, mais elle avait attiré l'attention de la visiteuse sur la composition du sol, étrange. En place de laine nouée dodelinaient des brins dont la texture, la forme et la couleur d'algues des profondeurs apparentaient le tapis émeraude à un gazon inégal, plus dru sous les halos. L'infirmière leva les yeux pour examiner la source de bruine lumineuse et les écarquilla de stupéfaction.

Les globes se révélaient être des vasques aux flancs renflés dont la large ouverture s'accolait au plafond, reliées les unes aux autres par un mince conduit, lequel les trouait en courant tout le long du couloir. Aiguisés par l'appréhension, ses sens percevaient à présent le grésillement discret qui en provenait. L'installation, aussi banale que le circuit électrique à l'hôpital de Bonnefin, ne l'aurait pas tant surprise si le bourdonnement d'un nuage de larves luisantes n'avait pas crépité à l'intérieur. Tantôt en vol, tantôt posés sur l'humus d'un sous-bois miniature — buissons et arbustes, le faîte en bas, plantés à l'envers sur le socle au mépris des lois de la gravitation —, des insectes dans leur coupe en verre éclairaient l'Institut.

Ophidia referma la bouche béante de stupeur et s'ébroua, ce mystère ne méritait pas son attention immédiate. Sa nomination à ce poste semblait provoquer une chaîne d'événements qui défiaient en permanence les conceptions réalistes de l'existence, la sienne en particulier. Elle connaissait vaguement la réputation excentrique de l'Institut, elle l'avait jusqu'alors soupçonnée d'exagération et même, fabriquée d'inventions de toutes pièces. Derechef, en se promettant d'examiner les rumeurs de plus près, l'infirmière reprit le sang-froid exigé par sa profession pour déchiffrer les plaques, toujours aussi délicieusement calligraphiées au-dessus du clapet. « *Placard Gauche* », « *Placard Droit* » lut-elle à gauche et à droite, exaspérée.

C'est au pas de charge qu'Ophidia marcha vers l'éclairage suivant, pressée d'en finir avec ces sottises qui la bouleversaient plus qu'elle voulait l'admettre. « L'Institut est un établissement sanitaire, se répétait-elle, il m'emploie pour veiller sur ses résidents, hors de question de céder aux plaisanteries incompréhensibles de mes prédécesseurs. Je dois remettre mon ordre de mission au gérant, mon supérieur… »

Tout à coup, elle s'inquiéta, si l'homme qui l'avait reçue se révélait être le gérant, son nouveau patron, elle lui avait fait très mauvaise impression en s'étalant par terre dans une envolée de boutons d'or. Son retard croissant n'arrangerait rien.

Alors qu'elle se tourmentait, perdue dans ses pensées moroses, ses pas l'avaient menée de nouveau entre deux portes, leurs clapets fermés cette fois. Elle leva la tête pour lire le texte des panneaux : « *L'Ancien Bureau Du Monsieur* » et à gauche, « *Le Bureau Du Nouveau Monsieur* ». Un gros soupir gonfla sa poitrine.

Le couloir semblait s'achever sous le dernier lumignon après une porte verrouillée, sans pancarte et sans ouvroir. Ophidia parcourut la fin du tronçon en s'attendant au pire. Au bout, un colimaçon prenait naissance dans l'ombre pour monter et descendre vers des étages inconnus. L'escalier s'avérait cependant tout à fait normal, mais le réduit qu'il logeait sous ses marches ne déçut pas les craintes de l'investigatrice.

Le guichet, clos par son clapet, trouait le battant si bas qu'elle aurait dû s'agenouiller pour regarder à travers ; la plaque qui le surmontait, par contre, dépassait largement en taille les autres avertissements. L'inscription sculptée à coups de poinçon ou de couteau à bec d'oiseau utilisait la même cursive ornée et déclarait : « *Placard Sous l'Escalier Strictement Réservé À MiHaHou. Ne JAMAIS Déranger Le Jour, ABSENTE La Nuit* ». Une griffe avait ajouté un graffiti en lettres capitales malhabiles : « Harry Poëte à Lover », un galimatias que lut Ophidia, atterrée par la teneur de l'ensemble.

Pour parfaire le découragement qui la gagnait, le globe au-dessus de sa tête clignota et entre les battements intermittents des lueurs, le grésillement se métamorphosa en plainte audible : il gémissait « miam, miam, miam ».

Au moment où les larmes lui montaient aux yeux, menaçant de rompre le barrage bien trempé de son pragmatisme, un gond grinça derrière l'infirmière et un flot de lumière inonda le couloir.

« Bon sang de navet ! Je vous attends depuis une éternité. Que fabriquez-vous, monsieur, dans le noir ? » l'apostropha la voix nasillarde qui l'avait accueillie à l'entrée.

Quand elle pivota comme une automate ramenée à la vie grâce à un tour de clef, son anxiété s'évanouit à la vue du géant. S'il brandissait un index décharné, l'air furibond, son interjection légumineuse démentait la menace ostensible de son doigt et l'illumination restaurait leurs couleurs aux lieux : sol vert, murs blancs, portes grises baignées d'ambre. Soit, la coquetterie insensée des plaques, la moquette herbue, les vasques emplies d'humus et de larves : l'endroit ne manquait pas d'étrangeté, mais rien d'alarmant.

« Je ne suis pas un mons...

– Pressez-vous, monsieur, nous avons suffisamment perdu de temps. Entrez, entrez donc ! »

En gesticulant, il s'effaçait de l'embrasure puis sa tête circonspecte réapparaissait pour surveiller la progression d'Ophidia, laquelle nota en passant le seuil que la peinture de l'inscription « *Le Bureau Du Nouveau Monsieur* » était fraîche. Sans s'arrêter, elle s'engouffra dans la pièce avant de provoquer l'apoplexie de son hôte. Dès qu'elle fut entrée, l'échalas jeta un dernier coup d'œil au-dehors et claqua la porte avec colère en s'exclamant d'une manière sibylline :

« Le petit-personnel oublie ses corvées, les lampyrides n'ont pas été alimentés à l'heure, cette maison part à vau-l'eau.

– Les lampyrides ? osa questionner Ophidia, interloquée.

– Les lampyrides, les lampes à lampyres, à vers luisants, à lucioles, comme vous le souhaitez, monsieur, bon sang de navet ! Une création de notre… de notre… »

L'homme s'interrompit, un voile éperdit un instant son regard.

« Oh ! j'allais m'en souvenir », murmura-t-il, puis il reprit avec moins de véhémence son explication. « Notre système d'éclairage, monsieur, il faut le nourrir régulièrement pour qu'il fasse son office et nous éclaire, n'est-ce pas ?

– Si vous me le dites, je vous crois, acquiesça l'infirmière poliment, mais je ne suis pas un mons…

– Parfait, parfait, très bien, croyez-moi. Voici votre bureau, monsieur, et vous pouvez me croire. Regardez-le ! »

Cette manie de l'appeler monsieur agaçait prodigieusement Ophidia, elle s'abstint pourtant d'insister sur le sujet pour répondre à l'invitation et examiner la pièce.

Sous les lampyrides plus vivaces ici, les murs nus luisaient faiblement. Des maladroits les avaient badigeonnés au petit blanc, toujours ombrés là où les pinceaux avaient omis les recoins, empoussiérés depuis de nombreuses années. Le cabinet de travail s'encombrait par contre d'un amoncellement de meubles. Ils s'entassaient si près les uns des autres que la circulation entre eux devenait impossible à moins de les escalader, à croire qu'on avait rassemblé le mobilier de plusieurs pièces. Parmi les sofas couverts de velours, les fauteuils défoncés par l'usage, les chaises dépareillées, sans oublier un unique pouf en cuir rouge orné de broderies dorées, elle remarqua pas moins de trois bureaux en chêne massif à double rangée de tiroirs, une coiffeuse avec un miroir au contour en bois de rose sculpté de fleurs, une table de cuisine et une autre pliante — si ses yeux de professionnelle ne la trompaient pas, c'était un banc de massage ! Alors que guéridons, commodes et classeurs achevaient de congestionner les dimensions pourtant vastes de son nouveau royaume, aucun objet, pas même un crayon ou une feuille, encore moins une brosse à cheveux, ne complétait l'assortiment hétéroclite. Pour combler cet oubli, Ophidia déposa cérémonieusement son bouquet et le parapluie d'emprunt sur un chevet accessible.

Entre les trois baies voilées de rideaux damassés, écarlates comme des étendards de procession dont les motifs évoquaient le bestiaire de la porte d'entrée, un fourneau à charbon trônait, dépourvu lui aussi de tout ustensile ménager. Son foyer ronflait en réponse à la flambée crépitante du poêle ventru installé en face. Ensemble, ils répandaient des vagues de chaleur réconfortante.

Ophidia sensible à la tiédeur se détendit, elle s'avança pour toucher le tissu rêche d'un fauteuil attirant, puis se rappela qu'elle était trempée. Malmenée depuis que les marins du *Joyeux Luron* l'avaient expédiée comme un vulgaire colis sur le quai, tiraillée et poussée lors d'une escalade nocturne et le long d'un couloir sinistre, voilà qu'elle atterrissait dans un bureau agencé par des déménageurs compulsifs.

Soudain bouillante d'indignation, Ophidia tapa du pied, prête à rabrouer son hôte qui l'observait d'un air impassible. Elle ouvrit la bouche et la referma, hypnotisée par l'ornementation d'un pan du mur près de la porte, le seul exempt de mobilier. Sur la paroi envahie par une sorte de vigne extravagante poussait une grappe de raisin, ses grains aussi gros que des œufs de poule et beaucoup plus jaunes que le duvet d'un poussin. La végétation hideuse ne l'ahurit pas autant que les tubulures vert salade qui serpentaient au milieu, dissimulées par le feuillage. Grotesques, ces lianes tombaient du plafond et achevaient leur course alambiquée au cœur des protubérances globuleuses.

« Qu'est-ce que… ces choses, là, qu'est-ce ? » bégaya-t-elle.

L'homme imperturbable suivit son index tremblant pointé sur le panneau.

« Le réseau pneumatique, monsieur.

– Ne m'appelez pas monsieur, je ne suis pas un mons…

– Quelle étrange idée encore, et comment voudriez-vous que je vous nomme ?

– Êtes-vous le gérant ? »

Une lueur malicieuse alluma brièvement les yeux ternes de son interlocuteur, il sourit en coin, l'air supérieur.

« Bien sûr, croyez-moi, monsieur, je suis Le Gérant. »

Un bruit retentit dans le panneau, ou plutôt un glissement rapide suivi d'un Clac ! sonore.

« Sacradi ! s'exclama Ophidia. Et ça, ça vient d'où ? »

Le grand échalas élargit son sourire et, à son tour, tendit l'index d'un mouvement vers le haut et lui répondit :

« Maison. »

La colère eut raison de la frayeur de l'infirmière, elle s'approcha de la grappe monumentale. Repérant un opercule sur un grain du fruit, elle le souleva, il délivra un mince cylindre en métal vissé d'un bouchon. Ophidia l'ôta d'une rotation rageuse. À l'intérieur était roulée une feuille de papier qu'une écriture brouillonne recouvrait de quelques mots :

Je suis Le Gérant. Cet imposteur est un pensionnaire. Désormais, vous êtes la Gardienne. Le Gérant

Sidérée, elle tentait vainement de rassembler ses esprits quand une haleine moite lui chatouilla le cou. Elle se retourna d'un bond et se heurta nez à nez au résident courbé en deux pour lire le message par-dessus son épaule. Le tube pneumatique lui tomba de la main, de l'autre, elle froissa le papier d'un geste fébrile. En serrant son poing, elle se dit qu'elle aurait mieux fait de conserver l'objet métallique pour se défendre.

« Reculez, vous me gênez, cria-t-elle.

– Oui, monsieur, voyez, je m'en vais », lui répondit le bluffeur en se redressant.

Il montra ses paumes blêmes et, de guingois, se déroula comme un crabe vers la porte tandis que sa dupe le surveillait, la mine féroce. Sur le seuil, il hésita. Soudain, il se tordit le cou à la manière d'un héron pour plonger un regard pénétrant dans les pupilles élargies d'Ophidia, les fouillant jusqu'à l'âme. Ses lèvres se retroussèrent sur un rictus et il exhala une bouffée d'air glacé.

« Vous êtes la *convergence* », asséna-t-il d'une voix venue d'outre-tombe.

Puis, juste avant de fermer la porte derrière lui, dans l'entrebâillement, il ajouta d'un ton guilleret : « monsieur ».

Le battant se verrouilla sur un claquement. Ophidia, libérée de la présence oppressante, se précipita pour tirer devant une table et un fauteuil afin de barrer l'issue. La barricade ne résisterait probablement pas à une violente poussée, mais le tapage l'avertirait au cas où l'envie saugrenue de lui répéter « monsieur » reviendrait à son persécuteur monomane.

En nage entre le fourneau et le brasero, l'infirmière contempla, égarée, l'ampleur du désastre qui l'entourait et ne présageait rien de mieux pour le futur. Un frisson de dégoût la secoua à la vue de la vigne folle, mais au pied de la parodie de plante, elle découvrit ses valises. Trop lasse pour les déballer, et surtout, ne sachant pas dans la profusion de meubles lequel choisir pour ranger ses affaires personnelles, elle s'avisa qu'aucun lit ne lui tendait les bras de Morphée, ou de quiconque d'ailleurs.

Elle élut un sofa rebondi, se déchaussa et s'allongea, puis se redressa d'un jet pour courir récupérer le bouquet d'or. Pelotonnée sur le velours un peu râpeux, elle sentit une odeur légère de chat, ou de chien, un pelage mouillé s'était frotté là, il y a longtemps… Ophidia s'endormit.

Un battement d'ailes lourdes heurta un carreau et le souleva, des griffes grattèrent le châssis, le rideau s'agita mollement et s'écarta de quelques centimètres. Dans l'embrasure, des babines moustachues apparurent et se retirèrent aussi prestement. Un deuxième tintement de verre et l'envolée résonna de nouveau, accompagnée d'un chant hululé qui s'éloignait. Au son de la mélodie grave, la dormeuse entrouvrit un œil ensommeillé, mais vaincue par l'épuisement, elle retomba dans sa bienheureuse léthargie en chuchotant « demain. »

III

L'écho d'un choc métallique éveilla la dormeuse recroquevillée dans son nid de fortune. Pendant la nuit, les deux foyers s'étaient éteints et la température avait considérablement diminué, ses pieds refroidis dépassaient de son manteau. La conscience embrumée, Ophidia songea d'abord à s'enfoncer dans le sofa, ses orteils frileusement recouverts, pour reprendre son rêve au moment où, dans une charmante auberge en bordure de lac, l'hôtesse lui proposait un solide petit-déjeuner. Avant qu'elle ait eu l'occasion de l'accepter, un nouvel impact sonna désagréablement pour la ramener à la réalité, elle rejeta sa piètre couverture et se redressa avec vivacité.

Les lampyrides luisaient à peine, mais l'assemblage abracadabrant de meubles encombrait toujours la pièce. À l'une des fenêtres, un rideau s'agitait, chacun des frémissements de tissu était suivi d'un courant d'air frais.

En frissonnant, Ophidia se fraya un passage jusqu'à la croisée et tira les lourds pans de brocart, éternuant quand ils exhalèrent une volée de poussière argentée dans l'aube printanière. Le jour se levait à peine et la brume d'après la pluie s'élevait de la terre ameublie d'un potager. L'horizon s'arrêtait à une trentaine de mètres, barré par une rangée d'arbres en fleurs. Des fruitiers, probablement, elle n'en distinguait les formes qu'au travers des volutes de brouillard accrochées aux branches. Avant leur barrage fantomatique, un labyrinthe de travées cultivées sinuait et s'enroulait autour de buissons prolifères, mêlant aux comestibles les plantes d'ornement, dont le fouillis heurta la fille de fermier avant qu'elle en appréciât le charme désordonné. La grasse odeur d'humus encore humide, les couleurs tendres des fleurs entrebâillant leur corolle au lever du soleil et le bruissement paisible des feuillages achevèrent de la conquérir malgré elle.

À deux pas, en contrebas du rez-de-chaussée, un plant de fraises sur le point de mûrir la fit saliver. Son estomac gargouilla pour lui rappeler le souper qu'elle n'avait pas pris la veille. Elle n'avait pas même dîné d'un gâteau malgré le congrès de pâtisserie coincé en ville, pensa-t-elle avec dépit. Elle avait faim et regretta le déjeuner manqué dans son rêve. Cependant, rassérénée par le paysage réconfortant du jardin, elle écarta chaque rideau des trois baies vitrées de son bureau, moins rébarbatif que prévu. Dans son dos, deux Cling ! la rappelèrent à l'ordre, elle se décida à affronter la vigne vierge et folle qui courait sur la paroi opposée.

Le vert cru de la tuyauterie végétale et de ses excroissances, loin de s'estomper sur le mur sali, offensait la vue, plus écœurant encore que dans la nuit. Avec une certaine répugnance, Ophidia s'en approcha pour réceptionner les tubes, tombés bruyamment sur l'opercule en espèce de bois pétrifié qui obturait l'extrémité de ce réseau de communication bizarre. Les deux messages étaient identiques :

Gardienne, l'heure a sonné, l'Institut a besoin de vous. Le Gérant

L'exaspération devant ces mots à la fois sibyllins et un peu inquiétants menaçait à nouveau de la troubler quand un troisième Cling ! claqua à ses oreilles. Fébrile, elle décacheta le pneumatique.

Bonjour, Gardienne. Le Gérant

Irritée, elle dit tout haut : « Bonjour, Gérant ». Un gargouillis approbateur gloussa dans les tuyaux.

La mesure battait son plein, Ophidia détestait que l'on se moque d'elle, même par tubes interposés. Le caractère exact de l'Institut lui échappait, c'était en tout cas une maison excentrique — car elle se refusait de convenir qu'elle pensait plutôt « de fous », un terme contraire à son éthique du métier. Décidant de se comporter comme si sa prise de fonction se déroulait avec toute la banalité requise dans un établissement ordinaire, elle entreprit de s'installer. Sa résolution, qu'elle qualifia *in petto* de parfaitement saine, lui donna le courage de contempler sans ciller le capharnaüm. Pour affermir son aplomb, elle enfila ses bottillons, après les avoir décrassés avec le mouchoir d'urgence toujours disponible dans sa poche d'uniforme, et les laça solidement, puis elle sélectionna une commode pratique, et surtout dépourvue de la moindre fioriture suspecte, pour ranger ses vêtements. Elle explorerait ensuite les lieux en quête d'un repas mérité.

Trois coups résonnèrent à la porte, des coups secs, espacés les uns des autres d'un silence soigneusement compté. Ophidia s'immobilisa une culotte bordée de dentelle à la main, désemparée devant sa valise à moitié déballée. Comme elle tardait à répondre, on frappa derechef sur le même rythme, sans impatience et résolument. À la va-vite, elle enfourna dans le bagage le linge sorti, son manteau par-dessus pour le dissimuler le mieux qu'elle put, et alla ouvrir.

La personne que l'infirmière découvrit défia un instant ses capacités d'analyses, pourtant rodées par plusieurs années d'expérience professionnelle. Chaussée d'escarpins à talons hauts, la visiteuse portait un tailleur, la jupe longue et droite assortie à la jaquette cintrée en lin noir, le jabot du chemisier blanc moussant dans l'échancrure, mais plusieurs détails gâchaient l'effet sévère et séduisant. D'abord par une caractéristique d'ordre pileux : le visage était encadré jusqu'au menton par deux barres soyeuses et bouclées, lesquelles prenaient naissance dans les cheveux strictement tirés en chignon.

Ophidia cherchait le mot précis pour qualifier ces attributs velus, assez rares chez les messieurs et plus encore chez les dames, lorsqu'elle repéra l'ourlet raccourci à l'aide d'épingles à nourrice. Le bricolage maladroit s'expliqua quand elle réalisa que le costume tout entier avait été cousu sur mesure pour quelqu'un d'une stature supérieure à celle du… de la… Soudain, elle se souvint : des rouflaquettes ! C'était le nom que l'on donnait aux ornements poilus des élégants représentés sur les daguerréotypes anciens.

Un toussotement poli interrompit l'examen d'Ophidia. Rougissante, elle l'abandonna et faillit perdre contenance sous le regard aigu qui la transperça. L'homme, car à sa pomme d'Adam, elle ne doutait plus qu'il en fut un, la dévisageait avec autant d'étonnement qu'elle en avait eu en le découvrant.

« Monsieur Ophidia Mambala ? interrogea-t-il avec une hésitation marquée.

– C'est bien moi, mais... »

Elle fut interrompue avant même qu'elle ait pu protester de sa qualité féminine.

« Mon nom est Ezekel Etxeochoa, je suis… »

Les yeux vagues, l'étonnant interlocuteur s'abîma dans un silence rêveur, puis reprit le fil de sa phrase alors que l'infirmière était sur le point d'user, à son tour, de la toux bienséante pour lui rappeler sa présence.

« Je réside ici, déclara-t-il d'un ton ferme, bienvenue parmi nous. Le Gérant m'a chargé de vous accueillir et de vous présenter l'Institut et ses habitants.

– Merci, c'est très aimable de votre part. Cependant, ne pourrait-il pas m'accorder un entretien, d'abord ? Si vous m'indiquiez comment me rendre jusqu'à son bureau, peut-être est-ce celui d'en face ?

– Je n'ai jamais vu le Gérant, répondit abruptement Ezekel. Si vous voulez bien me suivre, que je vous montre les lieux, le temps passe vite. »

Ophidia, échaudée par la réception de la veille, s'attendait presque à la chute d'une salve de pneumatiques la mettant en garde contre son nouvel hôte et tendit l'oreille ; rien ne dégringola des tuyaux. Philosophe, elle conclut que celui qui n'écrit mot consent et résolut d'accepter l'invitation.

« Bien, mais j'aurais aimé faire un brin de toilette et ici, ce n'est guère possible, j'en ai peur. Et puis, je meurs de faim », avoua-t-elle en jetant un regard désolé sur la pièce encombrée.

Avec précaution sur les talons aiguilles de ses escarpins, l'homme s'avança et lui désigna du doigt le fond de la pièce qui disparaissait sous l'amoncellement de meubles.

« Il y a un cabinet de toilette à l'intérieur de l'infirmerie. »

Effectivement, une porte masquée par un imposant buffet semblait ouvrir sur une dépendance, hors d'atteinte.

« Bien sûr, continua-t-il, cet idiot de Bill a déployé le plus grand zèle à la tâche. Je suis navré, notre factotum a beaucoup plus de muscles que de cerveau. Mais vous auriez été mieux dans votre appartement, je vous assure qu'il n'y aura pas touché, nous ne savons pas où il se trouve.

– Bien entendu, un logis perdu, marmonna Ophidia, quoi de plus naturel, ici.

– Pardon, monsieur ? »

L'infirmière renâcla, mais retint la moutarde qui lui montait au nez pour répondre d'une voix suave :

« Appelez-moi Ophidia, je vous en prie.

– Bien, Ophidia. Ezekel suffira également.

– Si nous entamions cette visite par une salle d'eau et, ensuite, vers la cuisine ou un quelconque lieu qui dispense la nourriture à ses locataires affamés ?

– Je vous y mène, j'imagine que je réussirai bien à vous confectionner un en-cas si le petit-personnel a quitté l'office. »

Malgré sa déclaration, il n'avait pas l'air convaincu de ses compétences culinaires. Ophidia, tout à coup ravigotée par la promesse de nourriture, lança un coup d'œil mauvais à la vigne puis sur l'entassement de meubles. Délaissé sur son sofa de la nuit, son bouquet bien défraîchi nécessitait le secours d'un vase, elle s'en empara et sortit. Indécise devant la porte, elle se demanda s'il existait des clefs, mais l'homme s'éloignait déjà. L'envie pressante de rejoindre un cabinet et un réfrigérateur l'emporta sur la prudence : après tout, elle ne possédait rien de plus séditieux que des culottes à dentelles.

Le couloir lui parut moins angoissant après sa nuit de sommeil bien qu'il soit toujours éclairé par les lampyrides, car nulle fenêtre ne s'ouvrait sur l'extérieur. Elle se dépêcha d'emboîter le pas de son guide qui chaloupait sur ses talons aiguilles, les jambes un peu arquées pour maintenir l'équilibre. Quoique dépourvue de grâce, sa démarche ne le gênait pas assez pour le ralentir, elle se mit à trottiner pour le rattraper. À la conjonction des deux couloirs, après les placards de droite et de gauche, il bifurqua vers les profondeurs de la maison. En passant, Ophidia eut juste le temps d'apercevoir, de l'autre côté, une porte à carreau vitré et supposa qu'elle donnait accès au potager. La portion de couloir qu'ils avaient empruntée s'achevait sur un double battant, précédé par une seule porte latérale. Ezekel lui signala brièvement que c'était l'office, mais le panneau indiquait « *L'eau fisse* ».

« Une œuvre de Bill », ajouta-t-il sèchement devant sa mine interloquée, « son orthographe fléchit autant que sa cervelle. »

Et sans s'étendre plus sur le sujet, il poussa les vantaux.

« Oh ! »

L'exclamation de surprise échappa à la nouvelle venue, éblouie par la luminosité de l'immense salle. Elle accommoda sa vision en clignant des yeux et découvrit une vaste pièce percée de grandes baies vitrées et de nombreuses fenêtres. En face d'elle, les marches en marbre rosé et le bois verni des balustres d'un majestueux escalier miroitaient aux rayons du soleil matinal. Il se divisait à mi-parcours en deux gracieuses volées vers les extrémités opposées d'une galerie à l'étage supérieur. Étourdie par le vertige lumineux, Ophidia leva la tête pour apercevoir un lustre invraisemblable composé de globes et de tubulures, retenu au lointain plafond par un étroit goulet. L'assemblage de lampyrides reproduisait en bourdonnant la complexité d'un système astral, il semblait suspendu dans le vide de l'espace dont il illuminait les ténèbres une dizaine de mètres plus haut.

« Oh ! » répéta-t-elle en chuchotant.

S'arrachant à la fascination de l'inquiétante splendeur, son regard redescendit vers un horizon moins étranger à sa conception de l'éclairage. Au-delà de la trouée qui montait jusqu'à la voûte du premier étage, les lampyrides « normaux » secondaient l'action d'honnêtes fenêtres, réparties sur les murs extérieurs d'une salle à manger aux proportions imposantes. Des tables rondes, assez légères pour être déplacées, étaient disposées en désordre sous les vitres tandis que le rectangle ouvert d'une tablée monumentale occupait, avec ses trois plateaux massifs, toute la surface de l'autre côté. Les chaises bien rangées sur leur pourtour et les dessertes disséminées ici et là permettaient d'accueillir une cinquantaine de convives. Ophidia rectifia son impression première pour requalifier la pièce en salon de réception lorsqu'elle aperçut, entre de larges baies, l'armature en ferronnerie ouvragée d'une bow-window. Il ne s'agissait pas vraiment d'une fenêtre, mais d'une porte dont les quatre pans fragiles ouvraient sur une terrasse.

Un raclement de gorge fit sursauter l'infirmière. Sa distraction devant le fastueux décor interrompue, elle se retourna assez vivement pour intercepter l'expression impatiente de son guide. Il attendait, guindé dans son séduisant tailleur, la main posée sur la poignée d'une porte à doubles battants. D'un geste, il lui en désigna une autre en reprenant sa mine impassible.

« La salle d'eau, présenta-t-il cérémonieusement. Vous me rejoindrez à l'office après vos ablutions, je vous prépare un repas pendant ce temps. »

Il s'inclina brièvement et s'engouffra par la porte ouverte d'une poussée. Quand les panneaux cessèrent de claquer et les gonds de grincer, Ophidia d'abord interdite se secoua pour obéir à l'injonction.

En évitant de regarder vers le haut, elle passa sous la volée à gauche de l'escalier principal et pénétra avec circonspection dans la fameuse salle d'eau — elle n'aurait pas été plus étonnée que ça de déboucher au bord d'une piscine. Cependant, sous les omniprésents lampyrides, elle n'identifia que les accessoires classiques pour se débarbouiller et se débarrasser des nécessités physiques ; elle abandonna en urgence son bouquet dans un lavabo et se précipita vers un cabinet. Alors qu'elle finissait d'assouvir les désirs frénétiques de son appareil digestif, elle entendit un gargouillis. De nouveau perplexe, elle entrebâilla la porte et jeta un coup d'œil sur la pièce, mais elle ne vit personne à part son reflet dans le miroir qui couvrait la paroi en face.

Le glougloutement paraissait provenir du dernier cabinet, fermé, et ressemblait diablement aux borborygmes qu'un animal ferait en s'éclaboussant dans une mare. Ophidia renonça à procéder à une toilette trop intime en cette compagnie, ne sachant pas si le bruit venait des tuyaux défectueux ou si une bestiole s'en était échappée. Furtivement, elle gagna le lavabo le plus éloigné et se lava rapidement les mains, vérifia que son visage était propre et replaça une mèche rebelle sous son calot. Toujours à pas de loup, pour ne pas troubler l'occupant éventuel du cabinet gloussant, elle récupéra ses fleurs avant de sortir avec une promptitude qu'elle attribua à sa conscience professionnelle : un résident l'attendait.

Au milieu de la cuisine, les traces des activités d'Ezekel s'éparpillaient sur le plan de travail : beurre torturé dans sa jatte, flaque de lait près du pichet, miettes de pain semées loin de la miche comme dans la forêt après le passage du petit Poucet. Sur le fourneau datant d'avant les robes raccourcies, une bouilloire sifflait plus fort qu'un agent de la circulation au carrefour du centre de Bonnefin. À côté, le nez dans l'énorme réfrigérateur antique, l'apprenti cuisinier fourrageait les rayonnages. Triomphal, il se redressa un pot de confiture dans chaque main et les porta sur la table en négligeant de refermer la glacière. Ophidia repoussa la porte d'un geste machinal, attrapa une éponge dans l'un des deux éviers, aussi larges que des lavoirs, pour essuyer les dégâts, puis tourna sur elle-même, la paume pleine de bouts de pain, sans voir aucune poubelle.

« Posez ça sur la table, il n'y en a pas », lui dit Ezekel devinant à la pantomime son embarras. « Le petit-personnel s'en occupera. J'ai appelé, mais aucun n'a daigné apparaître. Vous préférez la gelée d'or floral ou la confiture de fraises ?

– Le choix est cornélien.

– Prenons les deux, alors. Emportez-les dans l'office, et donnez-moi vos fleurs, je trouverai bien un vase dans ce buffet, il est assez grand pour contenir l'argenterie d'une cantine ministérielle. »

Ophidia tendit son bouquet en souriant à l'acrimonie sarcastique de la réflexion. On répétait la même chez elle, à huit jours de bateau ; la réputation des ministères souffrait partout de leur âpreté à soutirer les taxes qui n'enrichissaient pas le bien public.

Coincé dans un renfoncement, l'office faisait partie de la cuisine, séparé de l'espace de travail et de cuisson par une cloison. L'infirmière s'empara des confitures et de la corbeille de pain tranché pour les disposer sur la longue table, beaucoup plus rustique que celles de la salle de réception. Après une légère hésitation, elle s'installa pour attendre avec une impatience gourmande que son hôte la servît.

Peu après, il arriva chargé d'un plateau, l'air plutôt faraud.

« J'ai découvert ceci sur un rayonnage, remarquable, n'est-ce pas, pour transporter la vaisselle ? dit-il en le lui désignant.

– Oh, tout à fait, un accessoire indispensable dans les infirmeries, d'ailleurs.

– Hum, oui, bien sûr, répondit-il un peu vexé. Je voulais dire que je ne pensais pas en trouver un dans… »

Ezekel s'interrompit tout à coup conscient de la banalité d'un tel objet à l'intérieur d'une cuisine, puis, recouvrant son impassibilité, reprit :

« Mais voilà le beurre et les couverts. Thé et café demeurent indétectables, j'espère qu'ils ne les ont pas mangés. Aimez-vous la tisane d'herbes… probablement médicinales ? »

Comme Ophidia acquiesçait, prête à avaler n'importe quoi pourvu que ce soit comestible, il servit deux tasses et poussa vers elle le pichet de lait et le sucrier.

« Bien entendu, vous aimez la tisane, n'est-ce pas, une boisson indispensable dans votre métier », ajouta-t-il, perfide.

Mais il en fut pour ses frais, l'infirmière ne releva pas la provocation, occupée à étaler généreusement beurre et confiture sur une tartine.

En sirotant son breuvage insipide avec le stoïcisme d'un hôte prévenant, Ezekel l'observa dévorer l'en-cas avec un appétit féroce, d'autant plus impressionnant si l'on considérait la taille menue de l'ogre envoyé par les ministères. Le Gérant prétendait qu'Ophidia venait les soigner, car ils ne tournaient pas rond, tous sans exception ; il ne pouvait le nier. Pourtant, malgré son allure de lutin, ce monsieur Mambala, dont l'esprit restait imperméable à ses attouchements, lui inspirait une méfiance instinctive. Bien sûr, il savait que son pouvoir s'était considérablement affaibli depuis… quelque temps, mais il se demandait de quelle sorte de magie l'imagination avait pourvu cet employé minuscule qu'il ne réussissait pas à atteindre. D'un geste inconscient, l'un de ces tics familiers qui aident à réfléchir, il passa ses doigts écartés sur son crâne. Ils heurtèrent la barrette retenant son chignon sévère, il ôta sa main, surpris comme chaque fois.

Les bruits de mastication avaient cessé, Ophidia s'essuyait la bouche et soupirait d'aise.

« Délicieux, merci infiniment, je mourrais de faim. »

Ezekel la regarda d'un œil surpris, peu convaincu de la qualité gastronomique de sa collation.

« Je vous assure que j'ai très bien mangé, délicieux est peut-être exagéré, la tisane était essentiellement brûlante. Par contre, gelée et confiture méritent le qualificatif. J'ai vu un plant dans le potager, les fraises en viennent ? demanda Ophidia.

– Je l'ignore, il faudra poser la question à Arthurius ou au jardinier intermittent.

– Le dernier cabinet au fond de la pièce d'eau glougloute », commenta sans raison la jeune femme.

Ahuri par la déclaration abrupte, l'homme resta coi, s'interrogeant sur la santé mentale du nouveau responsable des soins. Au même instant, les doubles battants de la porte tanguèrent et, venue de la salle de réception, une ombre véloce traversa leur champ de vision pour disparaître dans un recoin de la cuisine par une autre issue plus modeste. Si l'interruption médusa Ophidia, Ezekel reprit contenance et s'exclama :

« Je comprends ! Voilà pourquoi le bougre ne répondait pas, il se baignait.

– Pardon ?

– Le petit-personnel, voyons ! Enfin, l'un d'eux.

– Je suis fort aise que vous compreniez, mais je ne vois pas du tout de quoi, ou de qui vous parlez ! » s'échauffa Ophidia, toujours susceptible quand on discutait de taille.

« Cher monsieur…

– Ophidia, le coupa la susnommée.

– Ophidia, reprit Ezekel faussement accommodant, je vous certifie qu'il ne me viendrait pas à l'idée de vous vexer intentionnellement, vous n'êtes en aucun cas membre du petit-personnel malgré votre taille. Si je vous ai blessé, je vous présente mes plus plates excuses. »

Aucun trait de son visage n'avait trahi ses sentiments pendant le persiflage de ses explications déguisées en regrets. Dans le doute, Ophidia se contenta d'accepter les unes et les autres d'un signe de tête.

« Qui était-ce, alors? demanda-t-elle, radoucie.

– Une rasourire, bien sûr.

– Une quoi ? Enfin, qui ?

– Rasourire, une chimère assez peu attrayante mais utile. Êtes-vous au courant des activités de l'Institut ? Nous pratiquons la magie, voyez-vous. »

D'un ton soupçonneux, il conclut fermement : « Votre nomination ici me paraît de plus en plus étrange. »

Les yeux exorbités d'Ophidia lui apprirent qu'il n'était pas le seul à estimer la situation étrange.

***

Quelque part dans l'Institut, le Gérant émit un petit rire de satisfaction : leur nouvelle recrue se révélait parfaite.

IV

Ezekel gravit les dernières marches de l'escalier d'honneur avec soulagement.

Après avoir essuyé une salve d'interjections bafouillées auxquelles il ne pouvait répondre faute de les comprendre, il avait traîné plutôt que conduit l'infirmière effarée depuis la cuisine vers le grand salon.

« Venez, vous verrez par vous-même », avait-il déclaré d'un ton sans réplique.

Et sans broncher, elle l'avait suivi avec un manque d'enthousiasme flagrant.

À l'approche du lustre des astres — grand-œuvre du brillant énergétiste inventeur du système des lampyrides, avait commenté Ezekel, sans se souvenir de son nom —, Ophidia avait ralenti, le cou rentré entre les épaules comme si le ciel allait lui tomber sur la tête. Exaspéré, et craignant qu'elle ne dévale les marches pour s'enfuir, son guide l'avait alors saisie par le poignet pour la hisser jusqu'au palier, au mépris des talons qui le déstabilisaient dangereusement.

« Lâchez-moi, je vous prie, vous me faites mal », hoqueta Ophidia qui se massa le bras dès qu'il eut obtempéré. Un peu gêné d'y avoir imprimé la marque de ses doigts trop serrés, Ezekel s'efforça de patienter avec bonne volonté pendant que la jeune femme remettait lentement de l'ordre dans sa tenue, surtout pour reprendre son souffle. Dès qu'elle sembla prête, il l'invita d'un geste courtois à bifurquer à gauche. En zigzaguant entre des statues qui représentaient des chats hiératiques, ils parcoururent les quelques mètres les séparant de leur destination tandis qu'il commentait la visite à la manière d'un majordome stylé.

« Ce labyrinthe artistique est nommé la Cour féline, vous aurez deviné pour quelle raison. Une exposition très mal située, si vous voulez mon avis. Entre nous, nous l'appelons la Chat-trappe, vous voyez, chausse-trappe, chat-trappe… », Ezekel s'interrompit pour toussoter un encouragement à rire aimablement de la facétie, sans succès. « Et donc, devant vous, le couloir mène à plusieurs appartements, dont le mien. N'hésitez pas à venir frapper à ma porte en cas de besoin, Bill l'a badigeonnée en noir, impossible de se tromper, c'est la seule de cette teinte dans l'Institut. Sachez que le Gérant m'a recommandé de veiller sur vous. »

Voyant que l'infirmière acquiesçait vaguement, hypnotisée par les sculptures peintes de circonvolutions multicolores, il continua sa présentation des lieux, satisfait de lui avoir transmis l'information.

« Si nous avions pris à votre droite, j'aurais eu le plaisir de vous ouvrir les portes de la bibliothèque générale de l'Institut, abondamment fournie en ouvrages de grand intérêt, mais il ne me semble pas qu'elle contienne de romans popul..., hem, enfin, de romans de distraction. De l'autre côté de l'escalier, la galerie conduit à la salle d'eau commune de cet étage, près de l'un de nos nombreux bureaux d'études, et au petit salon. Celui-ci est occupé principalement par Montague, dit la Montagne, vous comprendrez pourquoi quand vous le rencontrerez, c'est un homme assez particulier. »

Un demi-sourire tordit les lèvres du guide improvisé tandis qu'il songeait à Montague, l'auteur du jeu de mots farfelu qui n'avait pas éveillé d'écho un peu plus tôt. Son amusement s'évanouit quand Ophidia lui jeta un coup d'œil surpris, empreint d'une certaine indignation, comme s'il avait fourré son index dans une de ses narines pour le curer en public. L'esprit de leur nouveau gardien restait opaque aux tentatives d'Ezekel de le percer et aucune explication n'éclaircissait ses mystérieuses réactions. D'une main fébrile, il se repeigna et heurta la barrette de son chignon, étonné une fois de plus de la trouver là. Heureusement, leurs pas les avaient menés à l'orée de la jungle des chats, il put surmonter son trouble pour annoncer le grand salon.

« Mais qui voilà ? »

Venue du coin le plus sombre de la pièce, déjà chichement éclairée par les fenêtres latérales, une voix plaisante avait brisé le silence qui s'était abattu à leur arrivée. Ophidia cligna des yeux afin de distinguer qui les accueillait, parmi les silhouettes floues assises autour de tables ou enfouies dans de profonds fauteuils. Les ressorts fatigués de l'un d'eux gémirent lorsqu'avec vivacité, une forme juvénile s'en extirpa pour s'avancer vers eux, les bras tendus.

« Bienvenue parmi nous, Ophidia Mambala ! Je suis enchanté de vous rencontrer, Monsieur. »

Le jeune homme saisit les deux mains de l'infirmière et les serra dans les siennes, un sourire rayonnant aux lèvres. De près, son regard d'un bleu lunaire la contemplait avec l'innocence ravie d'un enfant. Bien qu'elle ait tiqué à ce « monsieur » qui semblait tenir d'une névrose collective et qui, au grand dam de la professionnelle, l'horripilait, Ophidia ne put s'empêcher de lui répondre chaleureusement.

« C'est un plaisir aussi, mais appelez-moi Ophidia, je vous prie.

– Oh, bien sûr, les formalités deviennent superficielles puisque vous vous installez dans notre Institut. Nous vous attendions avec une telle impatience ! Comme je suis heureux de vous voir.

– Cet agité se trouve être mon frère et se nomme Endrike, Ophidia. »

En même temps qu'il faisait les présentations, Ezekel s'était avancé d'un pas pour tapoter l'épaule de son cadet et l'inciter au calme avec affection. Lâchant les mains de l'infirmière, le plus jeune esquiva le geste en renâclant. Le rictus qui lui découvrit les dents décomposa sa mine enjouée en un masque de vieillard grimaçant. L'air égaré, il dévisagea son vis-à-vis comme s'il venait d'éviter le coup mortel qu'un ennemi effroyable aurait voulu lui asséner. Puis sa joie réapparut aussi subitement qu'elle s'était effacée. Les rides s'estompèrent et la figure enfantine s'apaisa si vite qu'Ophidia douta avoir vu l'éclair haineux briller dans ses yeux, lorsqu'Endrike reprit ses mains encore tendues et les secoua de plus belle.

« C'est vrai, vieux frère, je ne tiens plus en place depuis que le Gérant nous a annoncé l'arrivée imminente du véritable Gardien. C'est un ravissement de contempler une nouvelle tête, plus aimable à regarder que les tristes crânes déplumés de mes camarades hiboux, parmi lesquels je m'endors d'ennui. Allons, venez, Ophidia », l'encouragea le charmeur comme elle résistait pendant qu'il la tirait vers les tablées d'où montaient quelques grognements indignés.

« Venez faire connaissance avec les oiseaux de nuit qui hantent la pénombre de notre salon.

– Allez-y, vous ne craignez rien », dit Ezekel que l'infirmière inquiète interrogeait muettement. Elle se laissa alors entraîner, la bouche pincée, mécontente d'avoir requis l'avis d'un pensionnaire, de surcroît désagréable.

« Ne vous fâchez pas, s'esclaffa son accompagnateur, mon frère provoque toujours cet effet pénible qu'il nous faut son autorisation et sa protection pour agir. Voyons, commençons notre visite avec mon partenaire de jeu, Ivan. » Faussement discret, il mima l'aparté de théâtre pour chuchoter haut et fort : « Méfiez-vous si vous entamez une partie d'échecs avec lui, dès que je sommeille pendant qu'il médite longuement son prochain coup, il manipule les pièces sans avoir l'air d'y toucher. Je n'ai jamais gagné un seul tournoi, acheva-t-il plaintivement.

– Réfléchis donc à ta riposte, c'est à ton tour, nous verrons bien qui rira le dernier ! Ne l'écoutez pas, Monsieur, Endrike tue le temps en nous le faisant perdre à écouter ses bavardages.

– Ophidia, répliqua en mode automatique la susdite. Bonjour, Ivan. »

Le pensionnaire, un homme de taille moyenne vêtu d'une gandoura jaune curieusement ceinturée par une grosse corde torsadée, avait fini par se lever de son fauteuil. Il s'inclina à demi pour la saluer sèchement et lui présenta son crâne effectivement dégarni, puis il se rassit, son attention déjà redirigée vers le plateau sur lequel les doigts légers d'Endrike martelaient une marche martiale. L'étrange cadence syncopée semblait le fasciner.

« La musique au pas *marche* chaque fois, Ivan répond à l'appel de ses rouages neuronaux comme une mécanique huilée. Mais je ne désespère pas de le distraire un jour en introduisant un rythme si complexe qu'il ne pourra pas le modéliser. Il en oubliera sa stratégie en s'acharnant sur le problème insoluble et enfin, je gagnerai, grâce à la stupéfaction qui le submergera !

– Impossible », répondit le joueur laconique.

Endrike éclata de rire.

« *Il y a plus de choses dans le ciel et sur la terre,* Ivan, que dans ta magie ! »

Le martèlement cessa et le musicien se redressa toujours rieur. Ophidia qui les observait, un peu étourdie par le verbiage, crut encore saisir une lueur vive d'animosité dans le regard pâle. Elle n'eut pas le temps de s'y attarder, car une voix grave s'éleva près d'elle et la fit sursauter.

« Au lieu de persifler, merle moqueur, donne-nous l'occasion de nous présenter seuls en reposant ton bec. Permettez-moi, monsieur Mambala, de vous souhaiter la bienvenue. »

Comme l'infirmière ouvrait la bouche pour rectifier son identité, l'homme l'arrêta d'un geste de la main.

« En toute indélicatesse, je vous écoutais, j'ai entendu que vous préfériez que l'on vous appelle Ophidia. Et pour rester honnête jusqu'au bout, je le savais déjà : ce matin, mon camarade Niklaus s'est départi de son mutisme nous mettre au courant de votre arrivée dans la nuit. Il n'a pas été facile de lui faire admettre qu'il pouvait parler du passé, habitué qu'il est à nous prévenir seulement des mille maux que nous subirons dans le futur. »

Le nouveau venu désigna une silhouette longiligne, debout de l'autre côté de la pièce, dans laquelle, bien qu'il lui tourne le dos, Ophidia reconnut à son costume l'hôte excentrique de la veille. Il se tenait dans un coin sombre à l'extrémité d'un mur dont les fenêtres, pourtant larges et hautes, ne dispensaient qu'une maigre lumière à peine secondée par les languissants lampyrides du plafond.

« ... et voici notre ami...

– Excusez-moi, je dois aller voir. »

L'infirmière interrompit son interlocuteur qu'elle n'avait pas écouté, d'ailleurs. Il lui fallait résoudre sur-le-champ le mystère de ces fenêtres obscures. En louvoyant entre le mobilier fatigué et mal entretenu, des tables, des fauteuils et des chaises, elle traversa à grands pas la salle jusqu'à l'une des ouvertures. Une couche de crasse antédiluvienne couvrait les carreaux, mais les salissures n'étaient pas les seules responsables du triste éclairage. Pour en avoir le cœur net, Ophidia déverrouilla et, les battants béants, elle constata que devant elle, si proche qu'en se penchant elle aurait pu le toucher du doigt, un mur gigantesque montait du bas au dernier étage de la bâtisse. Au rez-de-chaussée, le goulot d'étranglement était jonché de déchets non identifiables, en haut, le ruban de ciel lui apprit que le temps avait viré au maussade. Elle respira une grande bouffée d'air malgré sa vague odeur de poubelle et se retourna, soulagée d'obtenir enfin une explication sensée à ce qu'elle voyait depuis son entrée la veille à l'Institut.

Rassérénée, la professionnelle de la santé inspecta le salon, notant l'excès d'humidité et le parfum aigre d'une communauté peu soignée, calculant déjà comment réformer ce laisser-aller sans essuyer de rebuffades. Les cadres étaient poussiéreux autour des tableaux qui représentaient des scènes dionysiaques aux détails parfois scabreux, voilés par les toiles d'araignées vertueuses, s'amusa Ophidia. Elle ne s'attarda pas sur les pensionnaires qui s'étaient rassemblées au côté de l'homme qu'elle avait quitté sans tambour ni fanfare. De leur groupe à l'allure disparate s'élevait un léger brouhaha, ils semblaient plus étonnés que froissés de sa conduite cavalière. Les deux frères s'étaient réunis un peu l'écart et discutaient avec animation mais à mi-voix. Isolé dans son coin, seul Niklaus ne remuait pas d'un cheveu.

Profitant du recul loin de tous ces hommes, car aucune femme ne se trouvait parmi eux — elle se promit de réfléchir plus tard à cette absence, personne ne l'avait averti de cet étrange fait dans un établissement collectif —, l'infirmière fit un tour d'horizon. Elle repéra à sa gauche une immense baie qu'elle n'avait pas remarquée parce que de lourds rideaux en épais velours l'occultaient, râpés, d'un marron indéfinissable qui se noyait dans les boiseries. Un large fauteuil occupait le point central devant la grande fenêtre, un poste d'observation qu'on aurait cru installé là pour surveiller le frémissement des toiles qui la drapait. Ophidia mit le cap sur sa cible avec énergie, trottant presque pour l'atteindre au plus vite et projeter un peu de lumière sur ce vaste salon insalubre. Sans qu'elle s'en aperçût, Ezekel s'était déplacé en même temps qu'elle et ils parvinrent ensemble au fauteuil, un baquet profond où deux personnes pouvaient facilement tenir. Campé devant la fenêtre, l'homme trapu l'empêcha d'y accéder, il paraissait surpris à la vue du siège vide.

« Où est Arthurius ? interrogea-t-il à la cantonade.

– Arthurius ? Mais il est là, devant toi, lui répondit Endrike, il est toujours assis dans ce fauteuil.

– S'il y était, je ne poserais pas la question ! Quelqu'un l'a vu ?

– Il est parti au Jardin des espèces pénibles, je ne sais comment il reviendra. »

La voix discordante de Niklaus jeta le trouble parmi les pensionnaires. Ils s'agitèrent pour rejoindre avec précipitation leurs chaises et, tout à coup calmés, reprirent leurs activités, n'accordant plus aucune attention à l'infirmière qu'ils s'apprêtaient à saluer. Seul Endrike avait hésité, mais il réintégra finalement sa place devant son adversaire et silencieux, continua sa partie d'échecs. Du coin de l'œil, Ophidia entraperçut la disparition de la reine noire, volatilisée du plateau. Éberluée par la situation, Ophidia chuchota à l'oreille d'Ezekel pour demander des explications en évitant de déclencher un nouvel incident.

« Le jardin des espèces nuisibles, qu'est-ce que cela veut dire, il y a un zoo dans l'institut ?

– Des espèces pénibles, pas nuisibles. Mais non, il n'y a pas de zoo, quelle idée curieuse, c'est l'Institut, ici, pas un parc animalier.

– Vous voulez dire qu'il n'y a pas de bêtes dangereuses, des lions, des tigres, des ours, alors ?

– Voyons, bien sûr que non. Je viens de vous le dire. »

Ezekel avait répliqué en remontant un sourcil scandalisé, il ajouta cependant que la disparition d'Arthurius était déroutante.

« Que diable est-il allé faire là-bas ? Ce n'est pas très prudent.

– Il y a donc des animaux nuisibles ! Des rasourires? » s'inquiéta Ophidia, mal remise de sa rencontre avec le baigneur glougloutant de la cuvette des toilettes.

« Le petit-personnel n'est pas nuisible, mais désagréable quand il dévore les provisions au lieu de les ranger. Et les rasourires ne s'aventurent pas à l'extérieur, pas à ma connaissance en tout cas.

– Ils craignent les chats ? Ce sont des chats, alors, qui vivent dans votre Jardin des espèces pénibles ? Je suis allergique aux poils de ces jolies bêtes, j'aime autant ne pas les fréquenter.

– Non, pas de chats.

– Mais alors, qu'y a-t-il ? Des oiseaux ? Des insectes… comme ceux-là », demanda l'infirmière en désignant les lampyrides.

Cette fois, Ezekel ricana, amusé par l'image d'une jungle de globes sauvages.

« Peut-être après tout, mais ce n'est pas ma spécialité. Arthurius le sait peut-être, il est botaniste, il doit aussi posséder quelques connaissances de ce genre. Il ne devrait pourtant pas se rendre sur le terrain, il ne bouge jamais de son fauteuil. Vous devriez partir à sa recherche, je pense que cela fait partie de vos attributions, monsieur le Gardien.

– Oh ! » Ophidia rougit, vexée que ce malotru la rappelle à l'ordre « Bien entendu, j'escomptais seulement que vous m'avertissiez des précautions à prendre et me donniez les indications pour m'y rendre, dans votre Jardin des espèces pénibles ! »

Impassible, Ezekel lui expliqua le chemin avant de s'installer dans le fauteuil vide. Il se déchaussa avec un plaisir visible de ses escarpins à talons hauts et, les yeux clos, manifesta clairement son intention de sommeiller.

V

Dissimulé derrière le tronc verruqueux d'un Pleureur, l'homme espionnait une danseuse nue. Indifférente à ce qui l'entourait, la ménade épousait le rythme syncopé joué par un percussionniste invisible, exécutant un rituel complexe de postures qu'animaient dans le plus grand désordre les appendices noirs qui la couronnaient. Pendant que ses yeux injectés de sang suivaient les évolutions de la pavane, le voyeur explorait les nodosités de l'arbre du bout des doigts. Au comble de l'excitation, il les enfonça à l'intérieur des taches rubis qui tavelaient l'écorce et s'imprégna de l'ondulation douloureuse qu'il infligeait à la plante.

Plus tôt, alors qu'il errait dans le Jardin des espèces pénibles depuis une heure ou deux, l'averse cristalline d'un premier pleureur l'avait surpris alors qu'il pénétrait sous la grotte du feuillage tombant. La chute de grêlons bleus lui avait piqué les membres, il avait répliqué d'un coup de pied sur une souche, furieux. Mal lui en avait pris, un fruit plus aiguisé fusa d'une branche en surplomb ; la balafre sur son front lui arracha un cri. Il épongeait le sang dégoulinant quand les secousses du vieil arbre avertirent l'importun que le système de défense végétale préparait une autre salve, il s'était enfui à toutes jambes. Quelques mètres plus loin, il avait cessé de courir et, dans le silence du bois, il entendit le tambour. Les roulements soulevaient en lui les bribes du souvenir qui l'avait fait quitter son fauteuil, près de la fenêtre. Avec la plus grande prudence, il s'était approché de la source musicale. Un deuxième pleureur poussait là. Trop jeune pour déployer ses larmes glacées, l'arbre céda à son intrusion et lui offrit une cachette délicieuse pour assister aux ébats de la créature avec sa chevelure vivante.

Arthurius ne comprenait pas vraiment ce qu'il ressentait. Bouleversé par une émotion irrésistible, il buvait des yeux la danse hiératique de l'idole au milieu du bois, un désir oublié que la souffrance du pleureur rendait plus aigu, une puissance qu'il avait perdue. Il se mit à gémir faiblement, tandis que ses doigts fouaillaient plus profondément le cœur de l'arbre.

VI

Ophidia, peu désireuse d'affronter son malaise sous le lampyride stellaire, préféra emprunter le couloir aperçu dans la Cour féline pour redescendre. La disposition des lieux, identiques au rez-de-chaussée et parcimonieusement éclairés par les globes grésillants, lui parut familière. Au passage, elle remarqua la porte peinte en noire, à l'extrémité droite, la chambre d'Ezekel, et s'engagea dans l'autre sens pour rejoindre l'un des escaliers de service. Remettant à plus tard la lecture des pancartes sur les portes closes, elle dévala le colimaçon et déboucha à côté de l'étrange placard alloué à MiHaHou, à proximité de son bureau. C'était la seule pièce entrouverte, un rai de lumière barrait le boyau sombre et silencieux.

« Allons donc, les bestioles n'ont pas été nourries, j'espère que ces pauvres bêtes sont encore vivantes, » marmonna-t-elle avec fatalisme. Sa voix résonna et la réconforta. Sans plus s'interroger sur l'entretien d'un éclairage qui dépassait ses compétences, elle poussa avec précaution le battant de son bureau qu'elle était pourtant sûre d'avoir fermé. Rien n'avait bougé d'un cheveu dans le capharnaüm.

Avec de gros soupirs, l'infirmière fouilla sa valise à la recherche d'un vêtement chaud, jugeant inutile de prendre froid au cours de ses recherches à l'extérieur. Elle ceintura sa veste en moelleux lainage violet avec son nécessaire de premiers secours, un achat qui lui avait coûté une petite fortune au début de sa carrière ; elle n'avait jamais regretté son investissement. Solidement sanglée autour de sa taille, la trousse volumineuse contenait l'essentiel à portée de main et facilement accessible. Un coup d'œil aux fenêtres l'avertit du temps très nuageux, elle empocha sa lampe à manivelle et se munit du parapluie tombé par terre.

« Parée pour ma première mission sanitaire ! »

Un Cling ! lui répondit. Ophidia leva les yeux au ciel et s'approcha de la vigne folle pour décacheter le tube qu'elle avait craché.

Soyez prudente. Le Gérant

« Oh, dit l'intéressée excédée, la voie hiérarchique me parle ! »

Un deuxième cling succéda immédiatement.

Très drôle. Ha, ha, ha. Le Gérant

La porte claqua plus fort qu'Ophidia ne le souhaitait quand elle quitta la pièce.

Tournant le dos à l'issue qui lui aurait permis d'aller regarder les plants de fraises de plus près, peut-être même en goûter une ou deux, elle se rendit dans la salle à manger qui donnait sur le parc. D'après Ezekel, la zone du Jardin des espèces pénibles commençait droit devant, à une cinquantaine de mètres.

Une seule des portes-fenêtres s'ouvrit avec force grincements et frottements dans les gonds — accompagné d'un chapelet maugréant de marmonnements à propos de l'aération dans l'Institut. Ophidia laissa grand ouvert le battant à des fins de salubrité, mais aussi, bien qu'elle ne se l'avouât pas, pour se ménager une retraite rapide ; ces histoires d'espèces pénibles non identifiées la troublaient. Et puis, le Gérant lui-même lui avait conseillé la prudence.

La jolie mosaïque de la terrasse moussait tristement. Les débris de végétation l'avaient envahie et ternissaient les couleurs délicates des motifs pastel, le sol sali par l'humus glissait sous les pas. Dans un coin s'entassait du mobilier de jardin, transats et tables d'appoint couverts de toiles d'araignée et autres nids d'insectes filandreux. En reniflant l'odeur de décomposition, Ophidia ajouta mentalement cette nouvelle tâche à accomplir à l'approche de l'été : remettre en état cet admirable lieu de repos pour ses patients. L'exposition ensoleillée ferait le plus grand bien à leur teint maladif. Pour l'heure, la température avait rafraîchi, elle serra plus étroitement son col et s'aventura, le parapluie comme une canne afin de ne pas déraper, jusqu'à ce qui devait ressembler à un gazon quand un jardinier l'entretenait.

En bas des trois marches du perron, elle s'enfonça courageusement sur la terre détrempée par les averses de la veille. Des plaques de verdure plus disciplinées subsistaient encore, colonisées par les trèfles et les pissenlits, mais Ophidia ne put éviter les ribambelles de folle-avoine, les massifs d'orties en fleur et les bouquets fragiles de coquelicots qui lui barraient le passage. Ils étiraient leurs tiges si haut que le pantalon de l'infirmière fut bientôt trempé jusqu'à la taille.

À mi-parcours, un frisson de brise ou d'animal se faufilant entre les touffes d'herbes la fit tressaillir. Levant les yeux du sol qu'elle inspectait pour ne pas s'embourber, elle s'aperçut que les taillis embrumés, entrevus au loin depuis la terrasse, cernaient un bois planté d'essences inconnues. Les faîtes des plus grands arbres se perdaient dans la clarté blanche des jours de crachin tandis qu'entre leurs colonnades massives, les frondaisons bigarrées d'arbustes bâtissaient des voûtes luisantes d'humidité. Les cimes frémirent au souffle profond du vent, auréolées de milliers de gouttelettes qu'elles dispersèrent en s'ébrouant sous la caresse. Le bruissement se propagea encore et le halo scintillant déploya son voile de pluie jusqu'aux contreforts des fourrés.

Ophidia crut assister à l'envol d'une cathédrale végétale vers le ciel.

Elle se détourna soudain pour rompre l'illusion, mais la façade austère de l'Institut se dressa alors devant elle, flanquée de son mur de briques grises comme par un garde-fou sinistre, les fenêtres de ses cinq étages aveuglées de sombres rideaux.

Pendant un court instant, petite — elle voulait bien l'admettre — et seule dans l'herbe mouillée, confrontée à l'aspect menaçant de l'édifice et à l'étrangeté du bois, elle faillit perdre son sang-froid. Un cri étouffé derrière elle le lui rendit : aucune illusion n'aurait pu imiter cet appel de détresse si souvent entendu au cours de sa carrière. Sa frayeur oubliée, la Gardienne courut vers le Jardin des espèces pénibles et pénétra par une trouée entre deux ronciers, rattrapant son calot accroché par les épines.

Après la luminosité blanche, la semi-obscurité qui régnait sous les arbres l'obligea à ralentir. En clignant des yeux, elle tâtonnait le sol spongieux et les troncs du pied et de la main, toujours agrippée à son parapluie, à la recherche d'un chemin ou d'un simple passage. La plainte lui avait semblé provenir de la gauche et elle tâchait de maintenir le cap malgré la luxuriance de la végétation. Alors qu'elle écartait une épaisse tresse de liane résistante à sa poussée, Ophidia prit conscience du silence, rompu seulement par sa respiration précipitée. Aucun bruit de feuilles froissées, aucun craquettement léger de branches quand elles remuent sous l'effet d'un courant d'air capricieux, nul oiseau ne pépiait dans les hauteurs, les insectes se taisaient. À moins qu'aucun oiseau, rongeur ou chat ne peuple ce jardin, pas même d'insectes, lesquels pendaient seulement aux plafonds de l'Institut ou filaient dans les moquettes — des lampyrides, un nom extravagant !

Tous ces mystères agaçaient prodigieusement l'infirmière, et comme à son habitude quand les choses n'allaient pas à son gré, elle apostropha les alentours.

« Mais quel est ce jardin sans allée pour flâner, sans banc pour s'assoupir un livre à la main ! »

Un bâillement sonore lui répondit, de ceux qui avalent dix litres d'air en béant la bouche et les rejettent avec un raclement de la glotte pour s'achever sur un *aahahaa* interminablement soupiré. S'ensuivit la toux discrète que l'on pratique pour amadouer les cordes vocales après un long somme, sauf qu'elle n'avait pas plus de discrétion que le beuglement d'un taureau furieux. Une voix profonde et basse fit vibrer le feuillage voisin qui cliqueta doucement.

« Il y a un banc ici, madame Mambala, vous l'appelleriez souche, mais il est assez confortable pour lire toute une encyclopédie.

– Pardon ?

– Je vous indiquais un banc, sur votre droite, à deux pas et demi, environ », répéta patiemment l'interlocuteur invisible.

Ophidia lâcha la liane qui, hasard ou volonté, la propulsa par un effet ressort dans la direction donnée. À son entrée soudaine, le feuillage argenté se trémoussa et un rire limpide cascada de ses cosses, comme si elle l'avait chatouillé.

« À la bonne heure, vous amusez mon vieil ami le Ganguier ! »

Son arrivée de diable qui sort de sa boîte n'avait pas préparé la visiteuse au comité d'accueil qu'elle découvrait dans la grotte tapissée de mousse émeraude. Allongée sur le dos, une espèce d'énorme chat s'étirait, les pattes en l'air, et s'amusait avec nonchalance du balancier de sa queue coupée, sa figure à demi humaine tournée vers l'infirmière.

« Ne restez donc pas plantée là, comme un brin de muguet dans son pot ! Vous vouliez un banc, alors asseyez-vous. Et respirez bien fort, vous êtes très pâle.

– Les lampyrides, le petit-personnel… des chimères… bien sûr… Vous devez être un gros-gros-chat », dit Ophidia en se laissant tomber sur la souche promise.

– Un gros-gros-chat ! Et pourquoi pas La Bête, ma belle ? »

L'énorme animal avait basculé, pour s'asseoir sur son arrière-train, d'un seul mouvement lourd qui fit trembler les branches avec des cliquetis chaotiques. Les muscles ondulèrent sous le pelage sable et sa crinière emmêlée, d'une teinte plus chaude, ruissela sur les omoplates saillantes. Son torse s'inclina en prenant appui sur ses membres avant, il s'immobilisa dans cette posture de fauve, aux aguets, pour darder un regard énigmatique sur sa visiteuse qui rentra la tête entre les épaules. De longues secondes suspendirent le temps, puis il susurra d'un ton sifflant :

« Je suis le Sphinx. »

Peu rassurée, Ophidia releva les yeux s'attendant au pire de la créature qu'elle avait visiblement offusquée, et la découvrit assise, les pattes croisées, un sourire satisfait étalé sur sa face mafflue.

« Vous m'avez effrayée ! » accusa-t-elle avec indignation.

Le sourire narquois s'élargit encore.

« C'était… c'était impoli. Et pourquoi vouliez-vous me faire peur ?

– Je ne réponds qu'à une seule question, c'est la tradition. Désirez-vous vraiment que je vous en donne la raison ?

– C'est un jeu ?

– Une autre question ! Vous regretteriez que j'y réponde, madame Mambala.

– Ophidia, je vous prie… mais, vous m'avez appelée madame ! Et vous connaissez mon nom.

– Quoi de plus naturel, je sais que vous êtes du sexe féminin et que vous vous nommez Ophidia Mambala. Il s'agit d'une formalité pour un sphinx de posséder le savoir et de le conserver jalousement. »

Devant pareille déclaration digne d'un chat qui n'obéit qu'à ses caprices, Ophidia jugea bon de ne pas s'engager plus loin dans la discussion sans réfléchir. Le Gérant, par un moyen aussi extravagant que la vigne, avait dû avertir le sphinx, lequel jouait avec ses nerfs déjà éprouvés, mais ne souffrait pas de l'hallucination collective qui la gratifiait d'attributs masculins.

Puisque la chimère se targuait d'omniscience, peut-être aurait-elle une idée sur la psychose qui affectait les pensionnaires et l'épargnait. Elle saurait qui sont les rasourires, ou ce qu'elles sont… Sous la voûte argentée, la mousse phosphorescente baignait la lumière d'agréables reflets verts, douce au toucher, tiède, et confortable ; la jeune femme se détendit imperceptiblement. Les harmonies cristallines des cosses rousses la berçaient, l'air sentait bon le parfum musqué de la chimère auquel chaque note apportait une fragrance unique, elle le respira à pleins poumons et éternua, et éternua encore.

« Vous vous endormiez », ronronna le Sphinx pendant que la salve d'éternuements s'achevait. « Vous auriez pu oublier et vous reposer.

– Je ne m'endormais pas, je réfléchissais et je le ferais encore si mon allergie aux poils de ch… si je ne souffrais pas d'allergie.

– Vos yeux larmoient déjà, dommage, il vaudrait mieux que vous partiez. D'ailleurs, on vous attend.

– On m'attend ? Non, ne répondez pas. Oh, vous m'avez fait perdre mon temps ! Voilà ma question : où se trouve le blessé que j'ai entendu crier ?

– La mauvaise foi, toujours la mauvaise foi humaine », soupira la chimère en dodelinant de la tête, « prompte à abuser de ma patience et de mon temps infiniment plus précieux. Ma réponse ne vous guidera pas plus loin qu'une clairière à quelques mètres, vous n'aurez guère avancé au cours de votre voyage si bref vers la fin. Pourtant, votre question est sensée, rien d'existentiel ou d'absurde, vous demandez votre chemin au passant. Soit. »

Et il lui détailla l'itinéraire.

« Revenez quand ce sera utile », invita le Sphinx alors qu'Ophidia le quittait, ses remerciements entrecoupés d'éternuements, pressée d'accomplir sa mission trop retardée. « Vous avez plu à mon ami le Ganguier. »

L'exploratrice imprudente qui courrait vers les taillis marchait désormais avec précaution, attentive à ne pas mettre les pieds ni les mains n'importe où. Son parapluie lui servait d'avant-garde dans la progression rendue malaisée par l'exubérance des plantes et des arbres. En plus du parcours à suivre, le sphinx, magnanime, l'avait renseignée des obligations à respecter et des susceptibilités végétales les plus épineuses à ménager. En son for intérieur, Ophidia se disait, avec une certaine suffisance, que son invitation à lui rendre visite n'était pas seulement une courtoisie de pure forme. La vie devait traîner monotone sous le Ganguier, l'ennui l'avait peut-être encouragé à lui inculquer ces notions de survie.

Elle se détourna pour ne pas inquiéter un Pleureur et ses larmes-grêlons, retint son talon en suspens à temps pour ne pas piétiner une Démente, un champignon rond et blanc à chapeau rouge, de mine adorable, qui dissimulait sous ses lamelles les spores les plus irritantes connues à ce jour — on l'appelait aussi la Démangeaison de l'Écorché. Lorsqu'elle approcha enfin de sa destination, les quelques mètres indiqués par la chimère lui paraissaient largement sous-estimés. Quant à l'échantillon de la faune et de la flore, il lui avait appris toute la signification du nom donné au Jardin des espèces pénibles. Couverte d'écorchures bénignes et de cloques peu douloureuses, elle maudissait l'unique insecte rencontré, une sorte de grande libellule au corps indigo contre laquelle elle n'avait pas été mise en garde. La demoiselle, qui disparaissait pour réapparaître à un autre endroit, l'avait aspergée d'un liquide intime alors qu'Ophidia croisait malencontreusement son vol à éclipses. Une teinture jaune d'or enduisait depuis son visage, particulièrement résistante au frottement énergique de son mouchoir.

L'écho sourd d'une discussion houleuse l'avertit de redoubler de prudence, elle rempocha le tissu maculé et franchit l'orée de la clairière, accrochée fermement à son parapluie.

« ... pleutre humain, regarde-moi !

– Je ne voulais pas, pitié, je ne voulais pas !

– Quel était ton désir, alors, larve répugnante, derrière le Pleureur que tu as martyrisé ?

– C'était plus fort que moi, un souvenir, il m'a poussé, il m'a tiré, pitié, monsieur, ne me tuez pas, je partirai, je ne reviendrai plus. Non !

– Non ! »

Ophidia cria à l'unisson de l'homme bredouillant qu'une femme nue agrippait par les cheveux pour le maintenir agenouillé. À côté d'eux, une silhouette de petite taille, vêtue d'un uniforme de fanfare et d'un képi, bondissait en agitant un tambour aussi grand que lui. Les trois personnages se figèrent et leurs yeux convergèrent vers l'intruse qui interrompait leur scène dramatique.

« Non ! cria-t-elle encore. Un autre moyen doit exister pour punir celui qui vous a offensée, j'en suis sûre. Je m'appelle Ophidia Mambala et je suis le nouveau Gardien, écoutez-moi !

L'infirmière fit mine d'avancer, mais le gnome s'interposa en ricanant.

« Par la garde musicale, on ne passe pas, ô Gardien !... C'est dingue, qu'avez-vous tous dans cet Institut de malheur, tu m'as l'air aussi folle que tes pensionnaires. Faut aussi que je t'appelle monsieur, à la mode de cet écœurant voyeur ? Retourne dans tes couloirs et laisse Kalèkagath exprimer sa colère. Ne sais-tu pas qu'elle aurait pu te transformer en pierre ? » Il s'interrompit pour claquer la langue avec admiration. « Tu f'rais une superbe obsidienne.

– Suffit, Théophile, je parle en mon nom et toi avec le tien. »

La voix rauque de la vengeresse avait grondé, péremptoire. Le chimpanzé, car c'en était un, recula en grimaçant et déclara, boudeur :

« Pour une fois que j'pouvais rigoler… la vie de saltimbanque avec toi, ma divine, manque de charme. »

En état d'alerte, Ophidia n'avait vu qu'un crime sur le point d'être commis en sa présence, l'accalmie lui donna le temps de réviser son opinion. Le musicien était donc un singe, habillé d'un costume immaculé, blanc à gros boutons dorés et sanglé par une ceinture rouge, les pieds nus… et doué de la parole. Et ce n'était pas tout à fait une femme qui maîtrisait l'homme de belle taille, larmoyant dans la poussière. Plus jeune qu'elle ne l'avait cru, l'adolescente sculpturale la dépassait bien de deux têtes. La courbe des joues évoquait encore l'enfance bien que les traits acérés durcissent le visage lisse comme celui d'une statue de marbre. Mais, au-dessus des immenses yeux noirs, pour l'instant fulgurants de rage, le plus surprenant demeurait la coiffe vivante d'appendices tactiles que l'infirmière avait pris pour des tresses épaisses, assez longues pour toucher terre. Les tentacules se contorsionnaient sur le crâne de la colosse juvénile comme un nid de serpents bouillonnant de fureur, frôlant le corps prostré qui tressaillait à chaque attouchement.

« Regarde ta victime, homme pervers ! Regarde l'arbre que tu as violé ! » Kalèkagath avait dévissé la tête de l'homme pour l'obliger à contempler le pleureur au feuillage terni, dépouillé de tous ses fruits bleus. « Et maintenant, regarde-moi en face,

Arthurius, pour affronter sans lâcheté mon jugement devant ton ultime victime.

– Ferme les yeux, Gardienne, ou tu seras pétrifiée, toi aussi ! » cria le musicien en tirant de son tambour un roulement funèbre. « C'est un jour de colère. »

Ophidia saisit l'argument au bond. Elle ne comprenait pas les modalités de la scène terrible qui se jouait devant elle, mais elle était déterminée à l'empêcher de devenir mortelle.

« Non, je ne fermerai pas les yeux. Qu'importe si je suis témoin et victime en même temps, je suis la gardienne de cet homme et il n'a plus sa raison. »

Et pour prouver son inexorable décision, elle sortit des ombrages de l'orée en écarquillant démesurément les paupières. La surprise de Kalèkagath en la voyant dans la clarté de la clairière atténua le brasier flamboyant de son regard.

« Pars, Ophidia Mambala, Gardienne au masque d'or. Tes scrupules t'honorent et la folie n'a pas envahi ton esprit, mais tu ne sais rien. Cet homme a toujours été aliéné par la puissance de la souffrance qu'il inflige à ses victimes, ses manigances ont outrepassé la loi naturelle, il doit mourir. Pars, je te délie de ta responsabilité.

– Je ne peux pas, avoua piteusement la bravache, il m'est impossible de laisser se perdre une vie si je peux m'y opposer, c'est mon métier de la sauver. »

La simplicité désarmante de l'aveu fit plus d'effet que le défi de l'infirmière, l'enfant géante desserra son étreinte d'Arthurius et Théophile eut la grâce de taire sa marche funèbre.

« Soit, Kalèkagath respecte l'innocence, je ne te tuerai pas. »

Et prononçant ces paroles d'une voix forte et calme, elle tendit la paume au musicien, lequel s'empressa de dégainer son épée d'apparat pour l'y déposer. Dans la main de la guerrière nue, elle devenait un jouet. D'un geste vif, elle l'abattit sur la tête de l'homme à genoux, Ophidia cessa de respirer. Un jet de sang éclaboussa le ventre de Kalèkagath et arrosa les herbes rases autour du supplicié, le singe sauta en arrière pour éviter le geyser. Arthurius se cabra en hurlant, les poings aux tempes. Une oreille roula sur le sol.

« Va, Ophidia, emporte ce monstre et son déchet, les magiciens sauront peut-être les réassembler. Mais, tu regretteras de l'avoir préservé. »

Et sans un mot de plus, sans un regard de ses effroyables yeux sur sa victime prostrée à ses pieds, suivie du musicien, elle s'enfonça dans la sylve.

VII

Ophidia garda du retour à l'Institut des images fugitives, baignées du sang de l'homme qu'elle tirait, poussait, soutenait, en espérant qu'il ne s'écroule pas, car elle n'aurait pu le porter. Après le départ abrupt de Kalèkagath et Théophile, elle avait étanché l'hémorragie et bandé la plaie, assise dans les rigoles sanguinolentes au milieu de ce jardin aussi hostile que le cœur d'une jungle. Jamais sa carrière encadrée par les murs de l'hôpital de Bonnefin ne l'avait préparée à la sauvagerie d'une mutilation en direct, les automatismes professionnels avaient suppléé à son désarroi.

Arthurius, une fois pansé, avait cessé de gémir. Le visage blême creusé des trous noirs de son regard fixe, il s'était laissé conduire en titubant. Avant de quitter la clairière, elle s'était rappelé l'oreille et l'avait ramassée. Incapable de dégrafer son sac ventral d'une seule main, elle l'avait fourrée dans sa poche.

Des taillis jusqu'à la terrasse, la traversée du parc sembla un périple dans le désert, personne n'apparut, comme dans les romans d'aventures, pour les secourir. Écrasée par son fardeau, l'infirmière constata avec soulagement que la porte-fenêtre était restée ouverte et s'engouffra dans la salle de séjour, à bout de force. D'un coup de pied, elle écarta une chaise, Arthurius s'avachit sur le siège et s'évanouit, le front sur la table.

« Il est mal-en-point. »

Ophidia sursauta et fit volte-face pour se retrouver nez à nez avec Niklaus, penché sur le blessé, manifestant une apparente sollicitude.

« Vous avez rencontré un *pisseur*, accusa-t-il en se reculant précipitamment, votre figure est jaune, c'est dégoûtant. »

D'un geste machinal, la gardienne allait se frotter la joue quand elle vit sa paume couverte de sang séché tout comme ses avants-bras. Ses yeux errèrent de son uniforme sali, froissé et même déchiré au bas du pantalon, à l'état lamentable de ses bottines. Ils s'attardèrent sur sa trousse de secours maculée d'empreintes rougeâtres et le parapluie coincé dans la bandoulière. Une pellicule dorée scintillait sur le tissu imperméable.

« Arthurius glisse, il va tomber, prévint l'Oracle sans bouger.

– Encore une de tes prédictions, Niklaus ? Mais à quel massacre avez-vous échappé, Ophidia ! Non, ne répondez pas, vous m'expliquerez plus tard, je vais vous aider. Niklaus, sois gentil et cours avertir les autres qu'on a besoin d'eux. Et précise-leur bien qu'ils doivent venir ici, évite de te montrer nébuleux. »

Endrike avait traversé rapidement la pièce, il rattrapa adroitement le corps avant qu'il chute, le cala sur la chaise et souleva le pansement. Avec une grimace horrifiée, il rabattit le tissu en s'écriant :

« Où est l'oreille ? »

Comme une somnambule, Ophidia extirpa le fragment humain de sa poche et le lui tendit, puis elle perdit connaissance. De nouveau, l'oreille roula sur le sol.

Ophidia se réveilla dans la pénombre, le jour filtrait par les interstices des lourds rideaux tirés aux deux fenêtres. Désorientée, elle s'assit à demi, accoudée sur le lit, pour distinguer ce qui l'entourait. La pièce inconnue lui semblait pourtant vaguement habituelle. Les contours dans l'obscurité indiquaient un vaste espace, un plafond haut, quelques meubles et, sous les draps, le matelas, confortable. La tête lui tournait, elle la reposa sur l'oreiller pour mieux réfléchir à l'étrange situation.

La porte s'entrouvrit doucement, un homme apparut, s'arrêta une seconde pour regarder dans sa direction puis entra avec précaution, il portait un plateau dont s'échappait une merveilleuse odeur de café qui lui chatouilla les narines. Comme il le déposait sur la table de chevet, il découvrit les yeux sombres de l'infirmière qui le fixaient avec incertitude.

« À la bonne heure, tu es réveillé ! Enfin... vous êtes réveillé, monsieur. »

Le porteur de déjeuner avait d'abord claironné pour bredouiller ensuite, manifestement embarrassé.

« Je vous ai tutoyé, il me semble vous connaître depuis longtemps. »

Il s'interrompit, pensif, et se dirigea vers une fenêtre pour en écarter le rideau. Dans la lumière qui se déversait à flots, encouragé par le silence interloqué d'Ophidia, il se décida avec un sourire d'excuse. « Tu me rappelles une âme particulière, le rêve familier d'un être cher…

– Endrike ! »

Le rêve familier du poète s'était redressé comme un ressort et, le dos raidi, jetait des regards effarés aux quatre coins de la chambre. Bien que vaste, elle aurait été banale avec son mobilier impersonnel et le cabinet de toilette masqué par un paravent, s'il n'y avait poussé, près de l'entrée, une vigne vierge peinte en relief. La branche principale se tortillait pour aboutir à un orifice de canalisation, son opercule tordu pour le maintenir ouvert. Une douzaine de pneumatiques gisaient sur un oreiller placé dessous.

« Oui, c'est moi, Endrike. Et c'est moi aussi qui ai trafiqué cette maudite canalisation : le boucan que font ces tubes en tombant ! Ils menaçaient de t'éveiller.

– Le Gérant, c'est le Gérant…

– ... qui communique, et je lui ai fermé le clapet en l'ouvrant », s'amusa le bricoleur, assez fier de lui. « Ses instructions pouvaient attendre, j'avais déjà assez de mal pour te maintenir endormie.

– Sacradi ! L'oreille ! Le blessé, comment va-t-il ? Il faut que je le voie ! il a besoin de soins... »

L'infirmière se remémorait soudain les événements, l'Institut, le Jardin des espèces pénibles, la mutilation. Elle se débarrassa de son drap pour sauter hors du lit et s'aperçut qu'elle était vêtue de sa chemise de nuit la plus affriolante, une courte tunique en dentelles, d'un bleu ravissant.

« Je n'ai pas trouvé de pyjama plus pratique dans tes bagages, s'excusa Endrike. J'espère que tu ne m'en veux pas si je me suis trompé, mais la liquette ressemblait à celle que met parfois Ezekel pour la nuit.

– Non, c'est parfait, merci », répliqua fermement Ophidia, en essayant d'ignorer la manière dont il s'était débrouillé pour la nettoyer du sang et de la boue et, surtout, de ne pas penser à son guide caustique en chemise légère. « Je dois m'habiller et prendre mon service immédiatement. Tourner de l'œil et dormir comme un sonneur, je suis impardonnable !

– Pas du tout. Ne présume pas de tes forces et déjeune la conscience tranquille, tout va bien y compris pour Arthurius, il sommeille encore, veillé par Montague qui a réalisé l'effort prodigieux de se transporter dans ses appartements. »

Tout en parlant, Endrike appuyait sur ses épaules pour l'engager à se rasseoir et devant sa résistance, insista.

« La Montagne s'est aussi déplacée pour te voir — deux visites en une seule soirée, incroyable ! il m'a conseillé de continuer à chanter et réciter de la poésie afin de te soulager du choc, te maintenir endormie n'a pas été facile. Tu ne devrais pas ruiner nos efforts pour soigner notre Gardienne, nous avons besoin de ton aide efficace. À quoi cela nous servirait que tu t'effondres dès le deuxième jour parmi nous ? Même ce bourreau de Gérant s'est rendu à notre décision.

– La Mont… Montague, je veux dire, est médecin ?

– Oui, enfin pas exactement, mais de nous tous, il est le plus sensé. Et Arthurius va aussi bien qu'il le peut, son bandage a été changé, il dort, je te l'assure. Bien entendu, nous avons jeté l'oreille, je crains qu'elle n'ait plus d'utilité. »

Ophidia réprima un haut-le-corps en se souvenant de son manque de professionnalisme, elle l'avait empoché au mépris de toutes précautions sanitaires. Abattue, elle s'enfonça dans le lit et remonta les couvertures jusqu'à son menton. Endrike en profita pour lui poser le plateau sur les genoux et l'encouragea avec des claquements de bouche à se nourrir, comme l'aurait fait une mère inquiète à son petit, trop affaibli.

Au fur et à mesure qu'elle mangeait, elle devait avouer qu'elle se sentait mieux. Sans s'en être rendu compte, elle mourrait de faim. Consciente que bouder son estomac ne résoudrait pas ses problèmes, elle acheva son pain en le tartinant d'une couche généreuse de confiture à la fraise. Son aide-soignant et serviteur la contemplait avec une satisfaction visible. Quand elle eut terminé, il la débarrassa de son plateau et se prépara à partir.

« Voilà une bonne chose ! Je retourne en cuisine, je devrais y aller plus souvent, j'ai pris plaisir à confectionner un repas. Tu pourras te vêtir en toute tranquillité, personne ne te dérangera, même pas le Gérant », se moqua-t-il, rieur, en lançant une œillade ironique à la vigne. Puis, une main sur la poignée, timide soudain, il ajouta : « Vous me permettez de continuer à vous tutoyer, monsieur Mambala ? »

Ophidia se contenta de hocher la tête avec un léger sourire, Endrike le lui rendit, éclatant, et ferma la porte.

Dès qu'il fut parti, l'infirmière bondit du lit pour tourner la clef dans la serrure. Le garçon semblait adorable, mais elle n'endurait plus leurs diverses intrusions à n'importe quel moment, leurs actions extravagantes et leurs décisions incompréhensibles. Dos au battant, elle contempla son nouveau logis, sa banalité lui plaisait, à part cette vigne exaspérante.

Fataliste, elle ramassa les tubes en se demandant distraitement à mi-voix de quelle manière leur expéditeur les récupérait, à moins que les enveloppes soient jetables ; un beau gâchis si c'était le cas, d'après elle. Parcourant en vrac le contenu des messages tous signés *Le Gérant* — comme s'ils pouvaient provenir d'une autre personne ! —, elle prit note de son exaspération et de ses objurgations à reprendre en main le pensionnat confié à ses soins. Quand elle eut fini de lire la prose sans charme de son supérieur hiérarchique, elle jeta le tout dans la corbeille à côté de son bureau, un mastodonte de meuble à multiples tiroirs, tous vides après vérification.

Derrière le paravent, elle découvrit une salle de bain minuscule, ses vêtements de la veille gisaient en petit tas, dans un ignoble état. La main impatiente d'Endrike avait bouleversé le contenu de ses valises empilées sur le carrelage en faïence bleue. Elle récupéra ses affaires de toilettes dispersées dans le remue-ménage et voulut les aligner sur la tablette du lavabo quand, incrédule, elle aperçut dans le miroir le reflet de son visage, doré comme un masque funéraire.

Le long récurage dans la baignoire sabot n'y changea rien, Ophidia assise dans l'eau tiède jusqu'à la taille abandonna l'espoir d'éliminer la teinture. Après s'être séchée, elle mit à tremper dans le bain l'uniforme dégoûtant et décrassa ses bottines, puis elle se résigna à enfiler sa deuxième tenue afin de reprendre son service quoiqu'il lui coûte.

Au-dessous de la vigne, un tube l'attendait sur l'oreiller d'atterrissage. L'infirmière le décacheta avec un peu d'appréhension.

Gardienne, la teinture résulte d'une modification chimique de la peau, comme l'encre sympathique exposée au feu. Inutile de perdre du temps à votre toilette pour l'ôter ! Vos patients exigent votre attention, bien que je dusse reconnaître que vous m'avez impressionné en la leur prodiguant hier au péril de votre vie. Restez vigilante, à tout instant, il en va de votre mission. Le Gérant
P.S. Les tubes sont recyclables, évidemment.

Ophidia lissa le billet sur son bureau et, en haussant les épaules, voulut envoyer l'étui rejoindre les autres. Son bras retomba sans le lâcher, quelqu'un ou quelque chose avait pénétré dans sa chambre et avait vidé la corbeille.

VIII

Dans le grand salon du premier étage, les pensionnaires vaquaient à leurs occupations languissantes en toute tranquillité. Depuis une semaine, aucun événement remarquable ne les avait distraits de leur ordinaire, pas même l'avant-veille quand Arthurius avait réintégré son fauteuil, le pansement sur l'oreille manquante se distinguait peu sous ses cheveux bruns. Le ronronnement monotone de leurs conversations à mi-voix s'accélérait à peine lors des visites de leur Gardienne, monsieur Mambala pour les uns, Ophidia pour les autres.

L'Oracle rôdait dans les angles sombres en marmonnant des paroles inintelligibles que personne n'écoutait, Ivan et Endrike continuaient leur interminable partie d'échecs. À part ces deux joueurs invétérés, les hommes s'assemblaient rarement, la plupart plongés dans leurs pensées quand ils n'entamaient pas un conciliabule chuchotant avec eux-mêmes. Parfois, Ezekel surgissait, les observait plusieurs minutes avant de repartir en silence, un peu vacillant sur les talons démesurés d'escarpins choisis dans une collection inépuisable ; à croire qu'il les empruntait chez un cordonnier pour trouver enfin chaussure à son pied.

Le moment culminant de la journée les contraignait à se rassembler autour de la table monumentale dans la salle à manger. À midi, un gong sonnait un seul coup, profond, les murs semblaient réverbérer ses vibrations sur les corps amorphes. En traînant les pieds, ils descendaient au rez-de-chaussée par les différents escaliers, désireux plus que jamais de maintenir une distance entre eux jusqu'au dernier instant. À leur arrivée désordonnée, les assiettes copieusement servies les attendaient près de brocs d'eau et de vin disposés régulièrement, ainsi que plusieurs plateaux de fromages pourvus d'une motte de beurre en leur centre. Dans les corbeilles, ils piochaient tranches de pain fraîchement coupées ou fruits montés en pyramide appétissante. Leurs agapes achevées, les cliquetis des couverts auxquels répondaient les craquements de mastication s'évanouissaient au fur et à mesure que les convives partaient, un par un, rejoindre leur siège préféré dans le salon.

Quand la nuit tombait, la douzaine de résidents qui séjournaient mollement tout au long du jour disparaissaient dans leurs appartements, après un détour par l'office. Ils s'emparaient furtivement de repas préparés sur des plateaux par le fuyant petit-personnel, lequel ne signalait sa présence que par les glissades froufroutantes de leurs ombres, et ils ne ressurgissaient que le lendemain matin, au même endroit, pour emporter leur collation au premier étage.

L'infirmière n'appréciait pas à sa juste mesure la routine de ses pensionnaires.

Le premier jour après son aventure dans le Jardin des espèces pénibles, le coup du gong l'avait surprise au milieu de l'escalier de service, près du réduit de *Mihahou*. Elle venait de quitter sa chambre pour rejoindre l'infirmerie, espérant vaguement qu'elle fut accessible et le blessé installé. La peau hérissée par les échos, elle avait dévalé les marches et couru jusqu'au croisement de couloir après les bureaux, celui du Gérant et le sien, juste à temps pour apercevoir au bout quelques silhouettes de pensionnaires. Derrière elle, Ivan avait toussoté pour qu'elle lui cède la place et comme elle reculait en sursaut, il s'était éloigné rapidement vers la salle à manger. Elle l'avait suivi.

Le repas servi, tout le monde était attablé quand elle arriva. Enfin, presque tout le monde : la gardienne nota non seulement la dispersion des pensionnaires sur les longueurs de la table en fer à cheval, mais aussi des chaises vides devant les assiettes pourtant débordantes de mets. Les présents répondirent à son salut la bouche pleine et éludèrent ses questions à propos d'Arthurius : il dormait.

Ezekel lui conseilla vertement de s'asseoir pour se restaurer, et bien qu'elle n'ait pas d'appétit après son petit-déjeuner tardif, elle accepta. L'accueil n'eut néanmoins rien d'engageant. Quand elle voulait se glisser à une place inoccupée, l'un ou l'autre voisin l'en empêchait en marmottant un nom, Chandra, Montague, Bill, Adam ou Arthurius, légitimes propriétaires du siège d'après eux. Endrike finit par lui faire signe en tapotant un dossier près de lui, au bout d'un pan. À l'autre bout trônait Ezekel, imperturbable, qui piochait brusquement dans les plats en fixant sur chacun, entre deux bouchées, son regard d'oiseau de proie.

Ophidia eut le loisir d'assister à ce rituel funèbre les jours suivants et s'ingénia par la suite à l'animer, sans grand succès. Sa première expérience la livra à la frustration la plus agitée, incapable d'apprécier le menu savoureux, quoique frugal, de légumes frais, probablement cueillis dans le potager le matin même. Endrike s'était volatilisé pendant qu'elle malaxait sous sa fourchette un morceau de carotte particulière volumineux, elle s'aperçut alors que tous les pensionnaires, leur pitance avalée, avaient aussi disparu. Seul son guide restait, vêtu à présent d'une jupe écossaise et d'un gilet de mohair vert tendre. Il paraissait l'épier contre son gré et détestait visiblement le spectacle, elle obtint malgré sa mauvaise humeur qu'il l'accompagne au chevet de l'estropié.

Après qu'elle eut constaté de ses propres yeux l'état satisfaisant du mutilé, elle sollicita de l'aide pour aménager, ou plutôt déménager, le surplus de son bureau et du minuscule dispensaire attenant. Elle s'était heurtée à l'apathie morose d'Ezekel, puis à un message laconique du directeur toujours invisible : *Débrouillez-vous, c'est votre métier, pas le mien. Le Gérant*

Pour sa troisième tentative, elle fit irruption dans le salon afin d'implorer la bonne volonté d'un de ces messieurs désœuvrés. Le visage amène d'Endrike s'était éclairé.

« Demande à Bill », déclara-t-il avant de se pencher, l'air absorbé, vers le plateau pour jouer son tour, persuadé d'avoir réglé le problème.

« Bill, mais qui est Bill ? Où est Bill ? »

Ophidia avait interrogé fermement, articulant avec soin, haut et fort pour attirer l'attention de tous. Ni Endrike qui tapotait un rythme endiablé sur l'échiquier ni son adversaire n'entendirent la requête ; les doigts sur les yeux, Ivan remuait rapidement les lèvres sans qu'un son en filtre. Quant aux autres pensionnaires, nul ne broncha.

Un maigre secours s'était enfin proposé en la personne de l'homme âgé qu'Ophidia avait abandonné, la veille, pour inspecter les fenêtres face au mur sombre. Il se leva brusquement comme si la scène avait assez duré pour lui faire perdre patience.

« Pedro Lopez y Marquez de la Iglesia, vous ne m'aviez pas donné l'occasion de me présenter, monsieur.

– J'en suis désolée, Pedro. Et appelez-moi Ophidia, je vous prie.

– J'aimerais autant que nous nous en tenions réciproquement à monsieur, jeune homme », répliqua d'un ton sec le vieillard brun de peau et de cheveux qui s'était approché. « Bill est chargé du gros œuvre, il rôde généralement près de la cuisine ou dans les communs. »

L'infirmière balbutia ses remerciements embarrassés à un dos raide de désapprobation, son indicateur avait déjà tourné les talons pour regagner son fauteuil. Il saisit un livre volumineux sur l'accoudoir et en reprit la lecture avec la concentration reconquise grâce à l'élimination d'un moustique agaçant.

Fidèle aux recommandations, Ophidia arpenta chaque pièce, chaque couloir, elle ouvrit même les réserves et placards de droite et de gauche et, après une courte hésitation, actionna la poignée du bureau du Gérant, cadenassée évidemment. Elle claironna le nom de Bill au milieu de la salle de séjour et dans les escaliers, mais du factotum, elle n'en vit pas la trace. La découverte dans l'office de son bouquet de fleurs d'or, le vase posé sur un napperon en dentelle et ses tiges rafraîchies, demeura le seul signe d'activité domestique.

Son quadrillage lui permit cependant de dénicher des collections de chapeaux, de rubans, d'articles de sport de plein air et de vêtements de pluie rangés par taille sur les rayonnages qui tapissaient *La Réserve.* Une impressionnante literie, digne du service d'un hôtel géant, était entassée, pour une raison aussi obscure que l'était ce réduit sinueux, dans l'*Autre Réserve*, laquelle débouchait à son autre extrémité sur la serre aperçue de la fenêtre de son bureau.

Le jardin d'hiver embaumait l'odeur particulière de l'humus tiède, par les vitres encadrées d'armature en ferronnerie, on voyait le potager florissant. Les pots et parterres semés de pousses, certaines étiquetées d'une main malhabile, et les outils bien entretenus, alignés contre les parois, rappelèrent à l'enfant des terres immergées ses souvenirs campagnards. Elle quitta l'endroit à regret. Une autre porte de la réserve donnait accès à ce qui lui sembla un laboratoire botanique. La poussière et les débris secs sur les plans de travail contrastaient sans ambiguïté avec la tiédeur vivante de la serre, la pièce n'avait pas été utilisée depuis longtemps.

De retour dans l'office où elle avait repéré deux portes aux poignées éraflées qui ne lui avaient dit rien qui vaille, Ophidia prit son courage à deux mains et s'engouffra par la première. À sa grande surprise, elle se retrouva dans le local à chapeaux et autres accessoires de promenade ; l'issue, dissimulée sous une vaste cape pendue à une patère, lui avait échappé à sa première visite. Se moquant de son inquiétude, elle déverrouilla la deuxième : elle menait à un cagibi à balais et à une dernière porte, fortement griffée. L'entrebâillant avec prudence, l'infirmière passa la tête et vit un reflet de la lumière entrée avec elle jouer sur une surface courbe, la curiosité la fit pousser un peu plus le battant. Dans la pénombre, entre deux volées de marche, l'une vers l'étage supérieur et l'autre qui s'enfonçait dans le sous-sol, l'orbe du gong se dévoila ; le manche du marteau de belle taille, pendu sur le côté, était labouré d'entailles. Le regard figé sur l'instrument, Ophidia chevrota un hésitant « Bill ? », puis sans attendre de réponse, recula pour sortir au plus vite du débarras.

Dans la cuisine, elle haleta sous l'effet de l'anxiété, à l'affût du moindre bruit, avant d'abandonner le guet quelques minutes plus tard. De guerre lasse, elle cessa d'espérer la venue de ce Bill insaisissable et s'en fut se réfugier dans son bureau sens dessus dessous. Le claquement caractéristique d'un message du Gérant retentit peu après, la félicitant sarcastiquement de son échec et l'enjoignant, son plateau du dîner récupéré, à profiter de la nuit pour s'éclaircir les idées.

Le lendemain, Ophidia essuya de nouveaux échecs cuisants. Elle se souvint de son arrivée, quand elle s'était vue en fantôme errant dans les couloirs, un boulet à la cheville. Boulet mis à part, son uniforme blanc la prédestinait à se métamorphoser en spectre plaintif de l'Institut.

Le surlendemain, elle descendit au pas de charge, d'humeur vindicative, prête à se procurer une hache pour débiter le mobilier en fagots. Sur le seuil de l'infirmerie l'attendait Endrike en compagnie d'un homme malingre, le cheveu rare, le regard éteint. Pieds nus et vêtu d'une sorte de pyjama très ample, verdâtre, qui pendait comme une défroque, il tenait un balai à la main.

« Ophidia, voici Bill. Dis bonjour, Bill.

– B'jour, Nouveau M'sieur.

– Bill ! Son nom est Ophidia Mambala, je t'ai expliqué tout à l'heure.

– B'jour, Nouveau M'sieur Ophidia Mambala. »

Devant l'infirmière interdite, Endrike haussa les épaules en levant les yeux au ciel avec un air de supplication comique.

« Tu peux lui faire confiance, Ophidia, notre vieux Bill ne paie pas de mine, et puis il n'a plus la grande forme, mais il remédiera à tes problèmes en un battement de paupière. N'est-ce pas, Bill ?

– Pour sûr, j'suis fatigué, geignit l'homme en se voûtant davantage, mais le Nouveau Monsieur n'a qu'à donner ses ordres, pauvre Bill s'exécutera, comme toujours. »

À peine tous trois eurent pénétré dans le bureau que le joueur fantasque s'éclipsa, au prétexte de son rendez-vous quotidien avec Ivan. Le supposé déménageur déposa précautionneusement son balai à l'entrée tandis qu'Ophidia se préparait à passer une journée laborieuse. Jaugeant l'aspect maladif de son auxiliaire, elle roula ses manches, décidée à commencer par le meuble le plus massif tant que ses forces encore intactes lui permettraient d'aider l'homme. Elle désigna une armoire pour proposer de s'en débarrasser d'abord.

« Allons-y, Bill ! À nous deux, nous arriverons bien à déplacer ce monstre de la menuiserie !

– Bill travaille seul, lui répondit l'autre d'un ton offensé, pas besoin de vous. »

Et ainsi que l'avait promis Endrike, il se mit à battre les paupières en roulant des billes de loto. Le pyjama gonfla sous la pression, le torse s'élargit, bombant la veste des reliefs d'une musculature impressionnante, les avant-bras et les mollets sculptés à l'antique ne tardèrent pas à dépasser des ourlets auparavant flottants, et sous les manches, les biceps dessinaient des collines animées. Sur le cou épais comme un tronc, seule la tête avait conservé ses proportions d'origine.

Ophidia, le souffle coupé, assista à la métamorphose.

« C'est… c'est extraordinaire, finit-elle par bégayer.

– Oh, c'est rien, pauvre Bill ne craque plus ses habits depuis longtemps », lui répondit du coq à l'âne l'hercule désormais en short et chemisette.

Avec des mains comme des battoirs à linge, il s'empara du meuble monumental et sortit, uniquement embarrassé par l'embrasure de la porte qui les gênait, la table et lui, aux entournures.

Avant la fin de la matinée, tout le mobilier surnuméraire avait disparu et seul un poêle ronronnait une chaleur douillette. Outre le bureau à tiroirs, Ophidia avait disposé trois armoires de rangement contre les parois et gardé le banc de massage, une table basse, quatre chaises et autant de fauteuils. La ravissante coiffeuse l'avait tentée, mais après une courte réflexion, elle avait jugé que l'accessoire en délicat bois de rose n'avait pas sa place sur son lieu de travail. Dans le fond, une porte dégagée donna accès au dispensaire, de dimensions modestes, le lit et son chevet accueilleraient un malade à la fois. Sa corvée terminée, le pauvre Bill, plus malingre qu'à son arrivée, réapparut. Il récupéra son balai et souhaita cérémonieusement une bonne journée à l'infirmière, en précisant qu'il avait beaucoup d'autres tâches à remplir, importantes. Dans le couloir, il s'éloigna en époussetant les murs et en assénant des coups du manche aux lampyrides qui redoublaient de vrombissements affolés.

Il fallut un moment pour qu'Ophidia se remette de ses émotions. Elle marmottait entre ses dents ses griefs contre la magie. La magie, cette science qui lui avait toujours paru relever de la plus extravagante fantaisie et d'astuces de prestidigitateurs un peu charlatans, cette science existait. Elle permettait des manipulations chimériques que l'infirmière avait attribuées à des avancées inconnues de la génétique, elle pouvait modifier des lois physiques pour déplacer sans les toucher des pièces du jeu d'échecs, elle était capable d'explorer l'avenir ou de se transformer en plus grand et plus fort, en colosse, le temps d'un déménagement. Et elle créait une horrible vigne afin qu'un invisible directeur d'institut lui expédie ses ordres et ses commentaires vaseux.

CLING !

Un tube craché avec violence rebondit sur le sol.

Mes commentaires sont parfaitement adaptés à la situation ! Mais c'est bien, vous avancez, continuez ! Le Gérant

Un Gérant qui l'épiait quand elle marmonnait, perdue dans ses pensées.

Ophidia jeta le tube et le billet, renonçant à conserver l'historique professionnel de ses déboires. Avec eux, elle abandonna l'ambition inutile de comprendre l'incompréhensible et se jura de se consacrer uniquement à son rôle d'infirmière, le « Monsieur Gardien » de patients en souffrance, cela, elle en était sûre.

Les jours suivants, elle réunit le matériel nécessaire à une infirmerie pourvue d'une chambre de malade. Arthurius resta dans la sienne, il allait effectivement le mieux possible pour un homme auquel on avait coupé une oreille dans de terribles circonstances. Ophidia rédigea quelques affiches illustrées ; elle dessinait très correctement, dans un style plat et réaliste. Ses œuvres vantaient l'hygiène, les bienfaits de l'oxygène, ce genre de choses, elle les épingla sur les murs de toutes les pièces qu'elle pouvait visiter, certaines demeuraient obstinément closes.

Sa seule victoire remarquable consista à réaliser ce que les pensionnaires nommèrent par la suite *La Grande Aération*. Du rez-de-chaussée à l'étage, elle ouvrit les fenêtres et provoqua un puissant courant d'air embaumé d'odeurs printanières. Elle était sur le point de passer outre les protestations plaintives d'Arthurius, de retour au fond de son fauteuil du salon, pour écarter les rideaux de la dernière quand toutes les portes claquèrent de haut en bas. L'Institut trembla.

En somme, Ophidia s'adapta tant bien que mal au rythme étrange des résidents, mais l'infirmière ne désarma pas : elle n'appréciait certes pas leur routine et comptait bien y apporter quelques modifications de son cru.

IX

Le premier coup du gong résonna, long et grave, le deuxième s'interrompit brutalement, les suivants exécutèrent une cacophonie de martèlements avortés. Ce n'était pas l'heure de midi qui sonnait.

Ophidia surgit en trombe dans le couloir et se précipita vers l'office. L'angoisse l'avait d'abord paralysée, le stylo en l'air au-dessus de son registre, puis l'alarme déversée en déluge de coups discordants déclencha ses réflexes. Ses talons imprimaient des traces légères sur la moquette en herbe pendant qu'elle filait comme une flèche, inconsciente du vrombissement accru des lampyrides.

Dans l'office, la porte du cagibi était grande ouverte, le bruit qui en provenait retentissait, infernal. Les mains sur les oreilles, l'infirmière s'approcha avec plus de circonspection. Dans la pénombre, deux hommes se poussaient et se frappaient, l'un armé d'un balai et l'autre du bâton du gong. Ils braillaient aussi, mais dans le vacarme, ils paraissaient grimacer de fureur en silence.

En clignant des yeux, Ophidia reconnut les deux hommes et laissa échapper un soupir de soulagement, Bill ne s'était pas métamorphosé. Toujours flottant dans son pyjama vert, la brosse en avant, il barrait le passage vers les escaliers à Niklaus, lequel acharné se jetait dans l'embrasure en brandissant son énorme baguette. Avec des gesticulations et des hurlements muets, ils s'assénaient de furieuses estocades et rebondissaient des murs au gong entre les deux volées de marches, provoquant l'épouvantable tintamarre. Courageuse mais pas assez téméraire pour s'interposer entre les deux enragés, la gardienne s'égosilla à son tour, sans aucun résultat sinon celui de ressembler elle aussi à un poisson-chat fulminant.

Soudain, la grande carcasse maigre de l'Oracle se pencha, au risque de recevoir de plein fouet les crins de la brosse dans le nez. Comme s'il avait prévu l'impact avant qu'il ait lieu, il l'évita adroitement pour cogner à revers, d'un mouvement du bâton de bas en haut, l'entrejambe de son adversaire. Le pauvre Bill se plia en deux, accroché des deux mains à son balai, et demeura dans cette position, les épaules secouées de sanglots. Niklaus se redressa avec exultation pour admirer son œuvre tandis que le dernier écho du gong s'apaisait en un bourdonnement grave. Ophidia s'était tue, elle aussi, le regard exorbité fixé sur le balayeur dont la défroque rétrécissait à vue d'œil autour d'une musculature hors du commun.

« Tu as triché ! » criailla la tête minuscule qui surplombait désormais un corps de colosse. « Tu as triché, tu as regardé dans l'avenir et tu as fait mal à pauvre Bill ! » répéta-t-il en saisissant par le cou l'Oracle avant qu'il ait pu fuir, enfin conscient du danger.

« Non, Bill, n…, gargouilla Niklaus, c'est toi… gargl… qui trich... »

Suspendu dans le vide, il gigotait pour s'agripper aux bras de son persécuteur, les pointes des pieds tendues vers le sol, trop loin, beaucoup trop loin. Bill commença à le balancer comme un pendule et entreprit de sortir de la cage des escaliers par la porte devenue beaucoup trop étroite.

Affolée, Ophidia recula en quête d'un expédient pour arrêter la brute qui ébranlait les murs en faisant voler des plâtras. Le bâton du gong gisait par terre, hors de portée, elle doutait de toute façon de son efficacité. Retranchée dans l'office, elle cherchait avec le désespoir des causes perdues un moyen extraordinaire quand elle aperçut son bouquet trônant sur la table, elle s'en empara et courut au seuil du cagibi. De toutes ses forces, elle lança le tout, vase, eau, fleurs, en direction du géant et de sa victime pantelante, et vociféra :

« Ça suffit ! »

Le récipient se brisa en morceaux sur l'encadrure, l'eau et les pétales d'or ruisselèrent sur le crâne de Bill, un doux parfum envahit le réduit.

Jamais la gardienne ne sut vraiment quel ingrédient avait produit l'effet désiré, ou si leur combinaison s'était révélée miraculeuse, mais dans la flaque odorante, Bill reprit une figure humaine. À peu près. Les cheveux hirsutes, le tissu trempé plaqué contre sa poitrine chétive, les mains toujours serrées autour du cou de l'Oracle, il contempla pensivement l'arroseuse. Sa décision affermie, il traîna le corps et le lâcha à ses pieds, puis se frotta les paumes.

« Niklaus est un tricheur. Et c'est interdit de descendre dans la cave. C'est… quelqu'un me l'a dit, personne ne doit descendre. »

Bill tourna les talons et ferma la porte du réduit derrière lui, le verrou claqua.

Sur le carrelage, la victime de la strangulation geignait faiblement. Soulagée de constater qu'il était bien vivant, Ophidia ignora la sortie énigmatique et s'agenouilla pour lui prodiguer les premiers soins. Une fois qu'elle l'eut allongé, elle desserra le col avant de tâter le cou maigre. À part l'ecchymose boursouflée qui reproduisait des doigts énormes, il était intact, la pomme d'Adam indemne. Comme elle poursuivait son examen, elle rencontra le regard hypnotique de Niklaus, les yeux révulsés, il balbutiait avec un peu d'écume aux commissures des lèvres. Inquiète, elle voulut l'essuyer et s'assurer qu'il ne subissait pas une attaque du grand mal, mais l'homme lui attrapa le bras pour l'attirer vers lui avec une force insoupçonnable. Presque imperceptible, la voix d'outre-tombe qu'il utilisait pour glacer les sens avec ses prédictions lui susurra dans l'oreille un souffle gelé.

« La mort rôde, pleine de grâce, elle frappera cette nuit et vous ne pourrez rien pour elle ni pour celles qui vivent de l'autre côté.

– Allons, allons, vous irez très bien, répondit gentiment l'infirmière, je prendrai soin de vous. Ne parlez plus, reposez votre gorge.

– Je ne vais pas mourir, monsieur, pas moi ! »

Niklaus avait récupéré son ton de crécelle ordinaire, mais son exclamation indignée s'acheva dans un gargouillis de postillons peu ragoûtant. Au même moment, un groupe de pensionnaires fit irruption dans l'office, mené par Ezekel plus bougon que jamais. S'il n'ouvrit pas la bouche en ramassant le corps efflanqué afin de l'emmener à l'infirmerie, ses compagnons emplirent la pièce de commentaires oiseux auxquels Ophidia répondit avec lassitude avant de s'échapper à la suite de son brancardier.

Le reste de sa journée s'écoula morose au chevet de l'Oracle muet. Elle aurait préféré qu'il lui donne quelques éclaircissements à propos de sa bataille rangée avec l'homme à tout faire, ses tentatives pour le faire parler se soldèrent par un échec total. Obstinément tourné vers le mur du dispensaire, il se réfugia dans un silence maussade. Bien qu'elle soupçonnât plutôt la volonté de ne pas lui adresser la parole, elle le félicita d'observer aussi scrupuleusement la prescription médicale. Il répondit par un grognement disgracieux.

Malgré un message du Gérant qui lui conseillait d'aller se reposer — une infirmière épuisée n'ayant aucun intérêt —, ou peut-être à cause de ce conseil, Ophidia veilla son malade jusque tard dans la nuit. Pour s'occuper, elle avait étalé sur son bureau la panoplie de crayons de couleur et la rame de papier rapportées par Endrike, en même temps que leurs repas. Il était passé par les cuisines pour prendre leurs plateaux et les installa commodément sur la table de massage, rescapée du fatras initial. Elle sourit en repensant à son jeune professeur quand il lui avait annoncé ses intentions tandis qu'il la pressait de se nourrir.

« Je parle, tu manges ! J'adore parler, c'est ma nature d'imbriquer les sons, qu'ils s'envolent en musique ou se nichent sur le papier. Le silence est d'or pour les esprits amers, ils thésaurisent au secret leurs mots pour les vernir d'une richesse intérieure que nul ne peut aimer. Ils se taisent et invoquent la modestie, leur mutisme de métal pèse chargé de non-dit, leur silence fondu d'orgueil. » Il s'interrompit pour mâcher avec une belle énergie la carotte qui surnageait dans son assiette de potage. « Les légumes d'Horton craquent à merveille, tu ne trouves pas, Ophidia ?

– Délicieux, je les croque, ils explosent et se dissolvent en saveur ineffable dans la bouche, j'ai rarement dégusté de si bons légumes et fruits. À la réflexion, jamais, et les fraises, oh les fraises ! Je n'ai toujours pas rencontré ce magicien du potager, il reste très discret.

– C'est le jardinier intermittent. » Et sur cette déclaration sibylline, le poète reprit son homélie. « Sa magie a offert l'imagination au légume que nous savourons ce soir, en plus de la terre, de l'eau et de l'air, la magie est la création qui s'éveille avec l'imagination, et nos rêves métamorphosent la réalité… et nos cauchemars... »

Endrike avait soupiré dans un sanglot, Ophidia releva la tête de son assiettée, surprise qu'une carotte, aussi excellente soit-elle, inspire autant d'émotion. En pleurs, l'homme avait plus que jamais le visage d'un enfant perdu. Tout aussi soudainement, il essuya ses larmes de la manche comme s'il effaçait la buée sur une vitre et sourit, illuminé par la joie, et changea de sujet.

« J'ai regardé toutes tes affiches avec beaucoup d'attention. »

L'infirmière émit un petit bruit appréciateur, charmée qu'un de ses pensionnaires les ait lues en consacrant enfin son intérêt à ses recommandations.

« Ce ne sont que des consignes basiques et des suggestions pour mieux vivre notre quotidien, » répondit-elle, les joues empourprées. « Je pense en rédiger de plus intéressantes.

– Oui, oui, certainement, je ne me souviens pas de ce qu'elles préconisaient. À vrai dire, j'ai remarqué seulement un phénomène rare : tes dessins manquent totalement d'imagination.

– Ah oui, on me l'a déjà dit, admit dépitée l'artiste ratée, mais il me semble que…

– Bien entendu, la technique est tout à fait méritoire, impossible de confondre le savon et le rouleau de papier dans l'avertissement des vestiaires. Cependant, la vérité ne crie pas, elle reste morne, enfermée dans son cadre, je t'assure qu'elle est triste.

– Triste ! Enfermée ! Mais la vérité est la vérité, il n'y a rien à lui ajouter ou à lui ôter. »

Indignée, Ophidia criait presque. Même si la vérité ne voulait pas s'incarner dans ses dessins, elle espérait qu'elle transparaissait dans sa voix pour défendre son éthique professionnelle. Son critique impitoyable ne releva pas son éclat.

« Ton imagination est emprisonnée », trancha-t-il avant de se radoucir avec une certaine emphase. « Gardien de mon âme en peine, ta présence ensoleille un lieu sombre, consens pour ma consolation que je libère ton imagination. » Mais devant la mine perplexe de l'infirmière, il acheva en riant, sa bonne humeur enfantine revenue : « J'aimerais beaucoup, Ophidia, t'apprendre les rudiments de la magie. »

Il avait insisté, joyeux, elle avait cédé, car la joie du garçon débordait communicative. Bien plus dans l'espoir d'en apprendre plus sur l'Institut et ses résidents que pour s'initier à la magie, une pratique qui lui paraissait toujours très étrange. Quand Endrike eut obtenu son accord, il rassembla les reliefs de leur repas et prit congé en la priant d'explorer le papier avec les couleurs qu'il lui avait apportées. Ophidia promit de faire des gribouillis multicolores, il répondit par une grimace tragi-comique avant de refermer la porte.

Pour respecter son engagement, la gardienne d'âme essaya d'abord chaque pastel sur la première feuille, dessinant consciencieusement des ronds parfaits de teintes différentes. Puis, jugeant que la libération de son imagination avait suffisamment progressé, elle échafaudait à présent une nouvelle stratégie qui encouragerait les pensionnaires à pratiquer le sport en extérieur au lieu de la magie en chambre. Dans *La Réserve*, elle avait repéré un joli jeu de croquet, l'activité paisible conviendrait parfaitement pour oxygéner tous ces poumons cloîtrés dans le grand salon. Elle commença à reproduire, à l'identique, les maillets sculptés de têtes animales qui l'avaient charmée.

La soirée avançant, elle bâilla, puis se frotta les yeux et bâilla derechef, se leva pour entrouvrir la porte du dispensaire et constata que son locataire ronflait sans grâce mais avec régularité. Pour combattre sa lassitude, elle exécuta sans bruit quelques mouvements de gymnastique, puis se remit au travail. Elle coloria les boules en respectant les six teintes réglementaires du jeu et bâilla. Son patient plongé dans un sommeil réparateur, dormir sur le banc de massage lui parut une bonne idée, le Gérant n'aurait pas à se plaindre de son service le lendemain. En s'allongeant après s'être déchaussée, elle se félicita d'avoir conservé ce meuble aux usages multiples. Une minute plus tard, elle avait rejoint le pays des songes.

Sur l'Institut assoupi, une puissante force d'inertie s'appesantit comme une chape de plomb, réduisant à l'immobilité silencieuse humains et chimères. Seule l'infirmière se retournait sur sa couche inconfortable, une démangeaison au mollet l'éveilla. À demi consciente, elle faillit se lever pour réintégrer son appartement, son intention s'évanouit dans les limbes de la torpeur.

La nuit blanchissait à peine lorsqu'un mouvement agita les combles de la bâtisse. De nombreuses griffes raclèrent les lattes poussiéreuses, le choc assourdi de poids tombant sur les tuiles des lucarnes faîtières les ébranla, des ailes lourdes brassèrent l'humidité que le point de rosée n'avait pas encore dissipée. À proximité de la façade, les timides hululements miaulés se multiplièrent et enflèrent. Ophidia sursauta, les sens en déroute.

Dans un état second, elle bondit de son lit de fortune et courut dans le couloir, réempruntant l'itinéraire qui l'avait conduite à l'office quelques heures plus tôt. La porte du cagibi béait à nouveau, elle se rua sur le seuil et s'arrêta net en découvrant la forme sombre penchée sur le sol. Lorsque la silhouette se redressa, elle crut qu'une femme petite et trapue s'occupait à éponger la flaque parsemée de pétales dorés, vaguement luminescents. Cependant, de grandes oreilles dépassaient de sa chevelure ébouriffée et l'une pendait bizarrement. Le faible éclairage lui révéla alors le pelage gris en guise de vêtement, les pattes crochues qui agrippaient un linge mouillé et plus haut, des moustaches vibrantes, parcourues d'électricité statique. Des yeux en amande scrutèrent Ophidia avec une intensité tragique qui fit monter les larmes aux siens, puis la créature retroussa un sourire effrayant sur ses incisives anormalement longues, tomba à quatre pattes et se précipita sur l'infirmière.

« Interdit ! » couina-t-elle, et elle la mordit cruellement au bras avant de faire volte-face en claquant le battant.

La main sur la plaie, la gardienne nageait en plein cauchemar. Le sang chaud qui coulait entre ses doigts ne parvenait pas à la réveiller, et le chahut s'amplifiait. À l'écoute, elle réalisa qu'il provenait de la terrasse, elle s'élança dans cette direction, guidée par l'unique désir de chasser son rêve angoissant.

Les lueurs des lampyrides vacillaient au plafond du vaste séjour, un souffle aurait anéanti leur galaxie dans l'abîme. À l'autre extrémité de la pièce, les grandes baies déversaient le clair-obscur de l'aube que des ombres en vol sillonnaient. Leurs contours dilués dans les eaux de la nuit prête à s'évanouir, elles se mouvaient avec lenteur, brassant l'air de leurs ailes plus noires que les ténèbres. Le vertige de leurs évolutions s'harmonisait au chant grave où fusionnaient hululements et modulations de feulements, une mélodie entrecoupée de soupirs en contrepoint du pendule battu par les amples envergures.

Ophidia s'approcha jusqu'à coller ses mains à la vitre, son haleine embuait le verre pendant qu'elle respirait par saccades après sa course folle. Malgré l'aspect étrange des chimères, mi-chat mi-rapace, la pavane ne l'effrayait pas, la grâce alourdie de leurs circonvolutions l'émouvait comme un rite né à l'orée du temps. L'une d'elles croisa son regard fasciné, les larges yeux qui dévoraient sa face duveteuse au-dessus des babines exprimaient la sérénité de la nature.

Le premier rayon de soleil perça l'horizon, sa pâleur embrumée s'étira sur les arbres du parc, les oiseaux chats se turent et disparurent dans les hauteurs.

« Les chachouettes sont la bonté, ah oui, Ophidia. »

La voix douce ne contenait aucune menace, mais le cœur de l'infirmière s'interrompit de battre un instant. Tremblante comme une feuille, elle se retourna. Celui qui avait failli la faire mourir de peur ne ressemblait pas à une chimère, c'était une montagne flottant à quelques centimètres du sol.

« Je vous ai effrayé, oh oui, j'en suis navré, Gardien. Mon nom est Montague, je vis à l'écart de l'agitation de l'Institut, et vous dormiez quand j'ai eu le plaisir de vous rencontrer. J'aime mieux sortir lorsque le sommeil règne encore au lever du jour. »

Ophidia n'avait jamais vu un homme de cette taille et de cette corpulence, il ne déméritait pas de son surnom La Montagne, il en avait l'impressionnante majesté. Elle n'avait jamais vu non plus un homme suspendu entre ciel et terre, et le ballon baudruche jaune éclatant qu'il tenait à la main n'amoindrissait en rien la stupéfaction qui la figeait, incapable de répondre.

« Vous devriez vous soigner, murmura Montague, les morsures de rasourire ne s'enveniment pas, mais elles laissent des cicatrices si l'on ne veille pas à les panser, oh oui, de vilaines balafres. Et vous allez prendre froid, ah oui, en vous promenant pieds nus, il n'y a que Bill pour ne rien craindre sans chaussures. Je vous souhaite une bonne journée. »

Il ascensionnait déjà l'escalier, car grimper ne correspondait pas à sa glissade sur les marches, quand Ophidia reprit ses esprits. Sur le carreau, ses paumes avaient laissé des traces ensanglantées et ses orteils se recroquevillaient au contact du parquet, elle suivit le conseil de La Montagne et s'enfuit vers l'infirmerie. Après avoir inspecté la plaie dont l'aspect net la rassura, elle s'aspergea copieusement d'antiseptique, frissonnante à l'idée de ce que pouvaient bien véhiculer comme petites horreurs les crocs d'une rasourire. Le pansement appliqué, elle se souvint de son mutique malade et passa la tête pour vérifier qu'il reposait sagement. Sur le lit en désordre déserté, une grande affiche en six couleurs proclamait : « *Endrike et vous êtes bien trop bruyants, je retourne dans ma chambre !* »

Comme une automate, Ophidia ferma avec précaution la porte, renfila ses bottillons et partit s'enfermer chez elle.

X

Un roulement de tonnerre interminable ébranla le silence avec fureur. Ophidia grogna et se retourna dans son lit pour échapper au fracas soudain, la couverture remontée sur sa tête ne laissant visible qu'un buisson de boucles noires. Tombée des cieux, une voix de stentor se mêla aux déflagrations et, pourvue d'une vigueur divine, elle l'appelait sans relâche. L'infirmière tenta d'ignorer les exhortations célestes en enfouissant le nez plus profondément dans l'oreiller, mais la raréfaction de l'oxygène l'obligea à émerger. Elle dut se rendre à l'évidence, Ezekel tambourinait à sa porte.

« Gardien ! Ophidia ! Ouvrez, c'est urgent ! »

Un long soupir secoua les épaules d'Ophidia. Elle se redressa péniblement, se frotta les yeux gonflés par le manque de sommeil et murmura : « L'urgence ne peut pas attendre une heure ou deux, je viens de m'endormir.

– Qu'avez-vous dit ? Gardien, vous devez me répondre. Ophidia ! »

Et le martèlement reprit de plus belle.

« Cessez de martyriser ma porte et mes tympans, j'ai entendu ! Quelle urgence ? Bill a trébuché sur l'Oracle dans l'escalier ? Le gros-gros chat s'est vautré dans le fauteuil d'Arthurius ? »

Une pause soudaine interrompit le vacarme, comme si ces questions demandaient mûre réflexion.

« Je ne crois pas que le sphinx ait quoi que ce soit à voir dans cette histoire, énonça calmement Ezekel, Arthurius occupe seul son fauteuil. Mais il est mort. »

Un Cling ! assourdi dans les hauteurs du tube, près du plafond, ponctua l'annonce funèbre.

Ophidia dédaigna l'avertissement, elle s'était déjà jetée en bas du lit. Elle renonça à s'habiller et, en chaussant ses mules à pompons, elle enfila sur sa nuisette la veste de son uniforme qui traînait sur le parquet avant de se précipiter à la porte. Derrière l'attendait le messager de mauvais augure, emmitouflé dans un superbe peignoir de mohair rose pâle. En dépit des circonstances douteuses, l'infirmière ne put s'empêcher de remarquer que leurs chaussons se ressemblaient et constata, piquée d'une pointe d'envie, que ceux d'Ezekel étaient plus luxueux.

La lumière mesquine du séjour indiquait qu'il était tôt dans la matinée. Des pensionnaires cernaient le fauteuil fatal, ils formaient un groupe assez piteux dans leurs tenues de nuit hétéroclites. Seul Endrike s'était vêtu d'un saroual et d'un boubou enfilé en hâte, le devant derrière, qui lui donnaient l'apparence d'un jeune mendiant des terres désertiques. Il quitta les veilleurs et s'avança au-devant des arrivants, les paumes en l'air dans un effort futile pour les arrêter.

« Tu ne dois pas voir cela, Ophidia, c'est terrible.

– Endrike ! Ne sois pas irresponsable, le gourmanda son frère aîné. Au contraire, le Gardien doit constater le décès, c'est son métier.

– Bien sûr, je dois voir le corps, j'ai déjà vu des morts. Ton inquiétude me touche, mais…

– C'est une mort affreuse, n'y va pas ! » la supplia le cadet avec une grimace de désespoir.

L'infirmière baissa d'un geste apaisant les mains qui se tordaient et repoussa gentiment Endrike. L'ambiance morbide pesait de cette atmosphère feutrée qui réduit les vivants au silence pour accompagner la mort. Pendant qu'elle traversait la pièce, ses talons claquaient avec insolence et les pompons duveteux se balançaient à chaque pas. Les jambes nues sous sa veste, elle eut conscience de l'incongruité de sa tenue, mais les pensionnaires ne présentaient pas un spectacle plus compassé dans leurs pyjamas bariolés. Sans un murmure, ils s'écartèrent du siège à son arrivée, elle vit au bas de celui-ci, les orteils d'un pied droit qui dépassait, pris dans une mare filandreuse.

Dès le premier coup d'œil, il lui parut bizarre : mollement étalé sur le parquet, sa peau livide était striée avec une régularité suspecte de traits noirâtres. Endrike n'avait peut-être pas exagéré son avertissement, elle ralentit, saisie d'appréhension. Peu à peu, au creux du fauteuil, se dévoila le corps replet d'Arthurius, et pourtant vigoureux comme elle l'avait constaté quand elle le soutenait à leur retour du Jardin des espèces pénibles. Ses traits s'étaient liquéfiés, amalgamés autour de l'ossature du visage, les joues pendaient sur son cou, flasques et adipeuses en même temps. Du malheureux, il ne restait qu'une architecture molle comme de la bougie fondue, la chair couleur de cire accentuait encore les zébrures des scarifications qui parcouraient chaque pouce du cadavre, brunes de sang coagulé.

Ophidia réprima un haut de cœur, la bile lui remonta de son estomac creux, elle se força à la régurgiter et combattit le vertige qui menaçait de se transformer en évanouissement. Jamais elle n'avait vu un mort dépouillé de son humanité aussi tôt après son trépas. En reprenant son aplomb, un éclat dans les rigoles sanguinolentes attira son regard, près de la main gauche suspendue dans le vide par-dessus l'accoudoir. Elle se pencha vers l'objet brillant et reconnut un scalpel : le supplicié avait été incisé sur tout le corps pour agonir après une longue souffrance, exsangue.

Mais le pire était à venir.

Courbée vers le bras d'Arthurius, elle distingua des lettres et comprit, horrifiée, qu'un mot était répété sur chaque parcelle de chair, gravé à la lame : « *Repentir* ».

La gardienne se redressa avec difficulté, les yeux braqués sur l'atroce confession. Au bout d'un moment, elle surmonta sa fascination morbide et contempla leur troupe. Ses pensionnaires avaient l'air pitoyables ; les épaules basses, leurs regards fuyaient le sien ou, au contraire, l'imploraient. Tous étaient là, disséminés dans le salon, à part Montague, rencontré la nuit même, et le jardinier intermittent, pour l'instant surtout insaisissable. Quelques-uns demeuraient des silhouettes floues, le rigide Pedro la boudait ostensiblement et trois d'entre eux évitaient son contact, leurs identités lui échappaient encore, elle les appelait les ombres grises.

« Tous, partez tous ! Sauf Ezekel et Bill. »

Sa voix avait légèrement tremblé dans les aigus, mais elle se raffermit quand Ophidia continua de donner ses consignes.

« Rentrez dans vos appartements, et ne les quittez pas sans raison précise. Le salon est fermé jusqu'à nouvel ordre, le Gérant ou moi vous avertirons. Vous m'avez bien entendue ? »

Un murmure d'assentiment général lui répondit. Dans un frottement de pantoufles, les résidents sortirent avec une précipitation soulagée.

Endrike hésita, tendu comme un arc vers le fauteuil, l'œil fixé sur un point au milieu du lourd rideau qui servait de décor à la scène du crime, mais son frère le poussa d'une bourrade et il s'empressa de rejoindre la débandade. Bill se dandinait, prêt à le suivre dans le labyrinthe de la Cour féline, il jetait des regards féroces à Niklaus qui, pour l'éviter, avait préféré emprunter le détour par l'autre côté de la balustrade. D'un geste, Ezekel lui intima de ne pas bouger, le balayeur baissa la tête et se tint coi.

Ophidia se félicita de son ordre, les risques d'une nouvelle bagarre auraient miné son énergie déjà chancelante. De plus, s'il y avait besoin, et sous la surveillance du vigile de l'Institut, Bill pourrait prêter main-forte.

« Et maintenant, que faisons-nous ? » demanda Ezekel quand tous les pensionnaires eurent disparu.

« Vous montez la garde, personne n'entre ici. Et vous ne vous approchez pas du fauteuil. Tenez, pas plus près que cela. »

Ophidia se plaça à trois mètres et désigna un périmètre en traçant avec les mains un mouvement circulaire. Sa veste se retroussa et elle sentit un courant d'air lui passer en haut des cuisses. Prestement, elle tira sur son vêtement, soucieuse de conforter sa dignité en un moment crucial pour asseoir son autorité. Peine perdue, impassible devant sa tenue légère, Ezekel leva un sourcil pour seulement lui faire remarquer qu'elle avait enfilé sa veste la doublure à l'extérieur avant d'acquiescer à ses instructions.

« C'est entendu, dit-il, et vous, qu'allez-vous faire, Gardien ?

– Je pars de ce pas avertir le Gérant, s'il ne l'est pas déjà, et aviser avec lui des suites. L'affaire dépasse nos compétences, cette mort relève du Ministère des Précautions. »

XI

Dans sa chambre, campée fermement sur ses deux jambes devant le surgeon de vigne, Ophidia ouvrit l'opercule réparé la semaine précédente par un ouvrier invisible. Une cascade de pneumatiques ruissela en tintant sur le plancher. Aussitôt, un autre tube gargouilla par le tuyau et vint s'ajouter au sommet du monticule, elle le décacheta et lut sans surprise le message récriminatoire de son supérieur.

Vous êtes sourde comme un pot, Gardienne ! Ceci est mon quarante-troisième message. Consultez plus régulièrement vos issues de réception, je n'ai pas que ça à faire que de vous répéter mes instructions. Le Gérant

L'infirmière faillit lui demander quelles activités pouvaient bien l'occuper, mais elle réprima son exaspération, retardant à un moment plus propice la question des horaires d'astreinte. Au lieu d'entamer un conflit, elle préféra privilégier sa requête urgente.

« Un crime a eu lieu. Il faut immédiatement alerter le Ministère des Précautions. »

Deux télégrammes encapsulés dégringolèrent si vite qu'ils secouèrent la canalisation.

NON

SRUTOUT PSA !!!!!!!

« Pardon ?

Surtout pas. Pourquoi aurions-nous recours à cette bande d'incapables alors que je gère parfaitement la situation. Le Gérant

– Par la Dame des rivages, vous dépassez les bornes, monsieur Le Gérant de l'Institut !

Inutile, perte de temps, jacasserie et paperasserie. Le Gérant

– Un homme est mort dans des circonstances atroces. Résoudre cette horrible affaire est le travail des limiers du Ministère des Précautions. Vous devez les prévenir.

Non. Les limiers sont des imbéciles. Le Gérant

– Mais ils sont plus compétents que vous ou moi pour enquêter sur un meurtre.

Un meurtre ? Quelle idée ridicule, Gardienne, c'est un suicide particulièrement imaginatif, ce pauvre Arthurius souffrait beaucoup. Le Gérant

– Un suicide ! »

L'irritation d'Ophidia avait atteint son comble avec cette dernière ineptie. Elle attrapa rageusement les tubes amoncelés sur le sol et les jeta dans la poubelle avec violence.

« Un suicide ? Vous prétendez qu'il s'est scarifié seul de haut en bas ? »

De haut en bas, oui, mais non pile et face, le revers est vierge d'inscriptions, et le scalpel gisait à portée de sa main. Voyons, montrez-vous raisonnable, Gardienne, ne niez pas l'évidence. Le Gérant

– Un suicide ! Une mort presque naturelle, probablement… nous pourrions enterrer le corps dans le Jardin des espèces pénibles, tant que nous y sommes. »

Le Gérant cessa de cracher des tubes du tac au tac ; sans les gargouillis, la chambre parut aussi calme que dans l'œil d'une tornade. La trêve ne dura pas.

C'est une idée intéressante. Le Gérant

Ophidia s'étouffa d'indignation. Pendant qu'elle cherchait une réplique cinglante qui réduirait son interlocuteur en bouillie, elle enfilait son pantalon et ses chaussures réglementaires, retournait sa veste et, surtout, serrait les dents sporadiquement, signe chez elle d'une prise de décision irrévocable. Ravalant sa salive, elle se tourna vers la vigne et articula soigneusement :

« Ou vous prévenez le Ministère des Précautions, ou je démissionne sur-le-champ.

Je vous l'interdis !

– Vous ne le pouvez pas. Mon contrat a été signé avec le ministère. »

Le Gérant ne répondit pas et, au bout d'un moment, le peu de patience de l'infirmière s'émoussa. Bien sûr, elle regrettait d'en être arrivée à cette extrémité, mais par principe, une décision irrévocable ne se révoque pas : elle sortit ses valises de leur armoire. Elle bataillait avec la serrure de la première quand un tube tomba enfin des instances supérieures.

Votre entêtement vous occasionnera plus d'ennuis qu'il n'en procurera à l'Institut, mais soit, le ministère a été averti, votre démission n'est pas acceptée. Les limiers que vous connaissez déjà se présenteront au hall d'entrée dans trente minutes, le ministre recommande l'exactitude et exige le dépôt du corps à cet endroit. Voyez les détails avec Ezekel. Le Gérant

L'ex-démissionnaire abandonna ses bagages pour réclamer des précisions, abasourdie par la procédure qui ordonnait de déplacer le cadavre de la victime. Son savoir en formalités inquisitives se limitait peut-être à la fiction romanesque des aventures de « Sherl, limier consultant », elle avait pourtant appris en stage de secours urbain que préserver la scène du crime était la plus élémentaire des règles. Mais elle eut beau tempêter devant la vigne ou, radoucie, prier le Gérant de la renseigner, celui-ci resta de marbre pendant que de précieuses minutes s'écoulaient. Une légitime inquiétude l'étreignit à l'idée de retarder sa rencontre avec les envoyés du ministère qui refusait sa démission, elle finit par se précipiter dans son bureau pour y prendre le brancard qu'elle avait repéré, stocké dans un coin du dispensaire.

Essoufflée par sa cavalcade dans les couloirs et l'escalier de service, Ophidia déboula dans le salon en un temps record et apostropha ses assistants, tous deux assis confortablement à bonne distance du fauteuil macabre.

« Nous avons une vingtaine de minutes pour déménager la dépouille d'Arthurius jusqu'au vestibule. Aidez-moi à déployer la civière, s'il vous plaît, vite ! »

Ezekel leva un sourcil surpris en s'extirpant de son siège, Bill déposa avec précaution son balai puis le suivit en maugréant qu'il détestait les morts.

« Ophidia, je crains que cet objet soit inutilisable.

– Je ne vois pas pour quelle raison », ahana celle-ci pendant qu'elle s'escrimait avec les courroies. « Il vient de l'infirmerie, je ne l'ai pas encore vérifié, mais il m'a l'air en bon état.

– Eh bien, vous allez voir. » Et d'une main sûre, il tira les boucles et emboîta les barres pour monter un brancard à peine assez grand pour transporter un enfant. « Je ne sais pas qui a eu l'idée ridicule de ranger ce brancard vétérinaire dans votre bureau, il vient du… Mais peu importe, je sais quel est le responsable : Bill ? »

Un grognement embarrassé lui répondit.

Le regard désemparé de l'infirmière errait de la civière au fauteuil et à son chargement sinistre, estimant le temps qu'il restait pour trouver une solution avant la fin du compte à rebours. Bill sauva la situation.

« Pauvre Bill transportera Arthurius dans son fauteuil. De toute façon, il est plein de sang, le petit-personnel pourra jamais le nettoyer, autant s'en débarrasser tout de suite. »

Un instant, Ophidia crut qu'il parlait de son camarade avant de comprendre que le siège était le sujet de ses préoccupations. Elle n'eut pas le temps de réagir qu'Ezekel approuvait la proposition, elle assista donc, pour la troisième fois, à la métamorphose du balayeur. Ensemble, ils partirent en procession lugubre jusqu'au vestibule de l'Institut, le cadavre en tête, tressautant ainsi qu'une bougie au bout d'un chandelier porté par le colosse. À sa suite, les deux pénitents marchaient la tête basse, veillant à ne pas être aspergés par les gouttes sanglantes qui dégoulinaient du fauteuil sur la moquette vert émeraude, laquelle les buvait derrière eux comme la rosée du matin.

Bill déposa son chargement dans le hall d'accueil sans cérémonie supplémentaire, puis s'en fut clopin-clopant dans son vêtement flottant, pressé de s'éloigner sous prétexte de récupérer son balai. Ezekel prit congé à son tour, au grand dam d'Ophidia.

« Mais, Ezekel, vous êtes un témoin, les limiers voudront vous interroger !

– Ils n'auront aucun désir de me questionner, croyez-moi, pas plus que j'ai l'envie de leur parler.

– C'est invraisemblable, déplacer le corps, ignorer les témoignages…

– Vous auriez dû suivre les directives du Gérant, Gardien. Je vous laisse, ils ne vont pas tarder, vous vous débrouillerez, j'en suis persuadé », la coupa nerveusement l'homme avant de refermer avec soin la porte matelassée.

Ophidia n'eut pas l'occasion de se morfondre longtemps dans le caveau improvisé : à peine avaient-ils disparu qu'elle entendit les pétarades explosives d'un moteur qui se rapprochait. Elle se pendit à la poignée du portail d'entrée, toujours aussi haut, et entrebâilla un battant. En passant la tête avec prudence, elle aperçut le fourgon à vapeur caractéristique des services de limiers en mission officielle, bien différente du discret attelage qui l'avait accueillie en haut du funiculaire. Le mélange de bois fossile et de galettes de bouse du combustible empuantissait déjà la rue de son odeur âcre, quand le véhicule rouge et blanc stoppa dans un dernier soubresaut. L'infirmière haussa les épaules, affligée, comme beaucoup d'habitants des terres immergées, par ce spectacle de la technologie moderne en vogue sur les plateaux fracturés.

Trois personnes descendirent de la berline. Le melon et le képi appartenaient aux émissaires qui l'avaient amenée à l'Institut, mais elle ne connaissait pas la conductrice, une limière en uniforme aux couleurs assorties à la carrosserie et coiffée du béret réglementaire, enfoncé jusqu'aux yeux. La femme alla ouvrir les portières à l'arrière, deux plantons vêtus à l'identique, hormis le béret remplacé par un large bandeau autour du front, bondirent sur le pavé. L'un d'eux, raide comme la justice, lui tendit un gros paquet, elle le remit au porteur de képi avec un dédain palpable pour le chef à melon qu'elle bouscula presque. D'un seul mouvement, ces derniers grimpèrent les marches du perron et Ophidia n'eut que le temps d'écarter le battant pour qu'ils s'engouffrent dans le vestibule.

« Mademoiselle Mambala, le Ministère des Précautions a très mal reçu votre ultimatum, votre attitude est décevante », commença d'un ton sec celui à l'air martial. L'infirmière ne réagit pas, fascinée par la moustache en brosse qui barrait sa lèvre supérieure et remuait de haut en bas pendant qu'il parlait ; dans la nuit de son arrivée, elle ne l'avait pas distinguée à l'ombre de la visière.

« Cependant, votre résistance exceptionnelle est admirable, bien plus que celle de votre prédécesseur », continua plus aimablement son compagnon. Sous son chapeau melon, il portait des lorgnons ronds attachés aux oreilles par de fines branches dorées. « Nous ne sommes venus que pour une seule réelle raison : vous enjoindre de poursuivre votre mission sans avoir recours au ministère, elle est vitale pour nous tous. Comprenez-vous ?

– Mais… je suis infirmière, vous m'avez embauchée comme… » balbutia Ophidia.

Elle les dévisagea et remarqua leurs tempes baignées de sueur, leurs yeux qui s'égaraient dans les lambris comme si les boiseries avaient recelé un gaz empoisonné prêt à jaillir, leur nuque tendue sujette à de brusques sursauts au moindre craquement. Malgré leur air autoritaire, ces hommes avaient peur. Ils n'étaient pas bouleversés par l'état du cadavre, ni même surpris de le trouver dans un fauteuil imbibé de sang, autre chose les effrayait, une menace pire qu'un meurtre commis avec férocité.

« Non, je ne comprends pas, reprit-elle avec calme, j'aimerais des explications.

– Impossible, les minutes nous sont comptées. Bien que mon collègue de la Vigilance vous ait transmis leur mécontentement, nos services de l'Attention sont impressionnés par votre travail, le Ministre vous accorde toute sa confiance. Je vous conjure de poursuivre votre mission, Gardienne, la funeste mort de ce pauvre garçon ne doit pas la stopper ! »

Le ton de l'homme à lunettes s'était durci à la fin en regardant d'un air combatif son alter ego coiffé d'un képi, lequel le lui rendit au-dessus du paquet qu'il déballait et lui répondit avec hargne :

« Pour l'instant, mais nous verrons bien plus tard. À la prochaine incartade, ni vous, Müller, ni le Gérant ne pourrez plus rien. En attendant, pressons-nous, le temps file et nous ne possédons pas le talent de Mademoiselle Mambala. Aidez-moi au lieu de pérorer ! »

Ses mains tremblaient pendant qu'il sortait de sa housse une bâche opaque. En silence, les deux hommes la déplièrent pour en recouvrir le cadavre qu'ils ficelèrent étroitement au siège avec une corde fine comme un lacet, en prenant garde de ne laisser dépasser aucun pouce de chair. La tâche terminée, le moustachu lança un ordre bref au-dehors, les vigiles accoururent et emportèrent avec peine le fauteuil enrubanné à l'intérieur du fourgon, la conductrice ferma derrière eux et réintégra sa place aussitôt. Après un sec salut de la tête à l'adresse d'Ophidia, leur chef les rejoignit avec un soulagement visible.

« Des pleutres, surtout ce matamore de Liarsson », soupira le dernier qui s'était pourtant reculé jusqu'au perron et tenait la poignée de la porte. « Voudriez-vous me montrer la plaie que dissimule ce bandage ? » ajouta-t-il abruptement.

Il avait désigné d'un index tout à coup suspicieux l'avant-bras de la gardienne qui avait relevé ses manches pour les aider à empaqueter le mort. Elle s'exécuta, rageuse, et décolla le pansement pour exhiber la morsure nette de la rasourire. Sa rage s'éteignit et son visage sombre blêmit : l'incision présentait une analogie certaine avec les scarifications d'Arthurius.

« Le petit-personnel, c'est un membre du petit-personnel qui… Je ne comprends pas !

– Faites confiance au Gérant, l'expérience doit réussir. Ah, j'allais oublier : le ministre double votre salaire. »

Et il ferma le portail. À travers le battant, Ophidia l'entendit dévaler les marches et la portière claqua, le fourgon démarra sur les chapeaux de roue. Quand elle voulut rouvrir, c'était verrouillé.

XII

Quand Ophidia avait constaté que la porte ne s'ouvrirait pas malgré tous ses efforts, le vestibule avait résonné d'imprécations qu'elle ne se souvenait pas avoir jamais dites, même en murmurant. Au lieu de l'abattre, la privation de sa liberté avait soulevé en elle une colère salutaire, noyant dans sa ruée furieuse l'angoisse de partager sa prison avec des magiciens fous, des chimères et un assassin. Elle était convaincue que la sourirare n'était pas responsable du meurtre. Pourquoi se serait-elle servie d'un scalpel à la place de ses incisives tranchantes comme le fil d'un rasoir ? Et puis ces étranges créatures asservies à l'Institut savaient parler, mais pouvaient-elles écrire ? Bien qu'elle ait souffert de l'assaut de l'une d'elles, l'infirmière ne se résolvait pas à considérer comme dangereuse la rasourire hirsute. Non, seul un homme pouvait graver un si terrible jugement sur la peau d'un autre, « *Repentir* ».

La vigne de son bureau ne broncha pas plus qu'un sarment sec à l'énumération gesticulée des griefs d'Ophidia, le Gérant était devenu sourd, aveugle et muet. Dans le grand salon, les dégâts avaient été nettoyés et une table massive, installée à l'endroit du fauteuil, interdisait l'accès à la baie. Les pensionnaires habituels s'occupaient à leurs loisirs ordinaires et, s'ils ne tentèrent pas de la faire taire, ils tassèrent avec résignation leurs épaules sous la tempête de paroles exaspérées, en attendant la fin du déluge. Même Endrike redoubla d'attention pour sa partie d'échecs et l'ignora comme s'il ne la voyait pas.

Quand elle martela du poing la porte noire d'Ezekel, il apparut habillé d'un tailleur anthracite sur un chemisier à la passementerie délicieusement brodée de roses, ses pieds comprimés dans de ravissants socques dont les lacets enserraient sa cheville, noués par un nœud en cocarde. Il s'était recoiffé avec soin et, la prenant par le bras, il l'entraîna dans la salle à manger. Le repas se déroula lugubrement, personne ne lui répondit autrement que par des grognements évasifs.

Les jours suivants, l'infirmière fulmina devant les murs, en brique ou ceux de chairs que lui opposaient les pensionnaires. Elle entreprit l'exploration de chaque pièce accessible, à la recherche d'une issue vers l'extérieur, notant sur un plan les lieux qui lui étaient interdits. Rapidement, elle élimina toutes les fenêtres sur la rue, grillagées par des barreaux massifs entre lesquels nul enfant de plus de trois ans n'aurait pu se glisser. Son visage s'y incrustait tout juste jusqu'aux pommettes et chacune offrait à sa vision une portion de la voie déserte et du bâtiment d'en face, dont les planches clouées sur les ouvertures laissaient à penser qu'il était condamné.

La bibliothèque, magnifique avec ses rayons croulant sous les cartonnages ouvragés, l'absorba toute une journée, elle en oublia de déjeuner. Elle souleva les volumes rangés le long des parois, les débarrassant de leur poussière grâce à son époussetage inquisiteur. Pas plus que les portraits d'illustres enchanteurs disparus et de magiciennes aux figures tragiques, ils ne cachaient rien à part la tapisserie ornementée, plus fraîche à ces endroits qu'à l'air libre qui l'avait déteinte.

Elle aurait bien cédé à l'appel de la lecture en lisant quelques dos ferrés d'or, mais l'antipathique Pedro, le nez au-dessus de parchemins antiques, ne la quittait pas des yeux. Rébarbatif de ses sourcils froncés jusqu'à son attitude rigide, il exhalait sans cesse des soupirs exagérés et des sortes de feulement d'alerte quand elle manipulait un incunable. À la fin, parce qu'une reliure de textes rédigés dans un charabia inintelligible lui avait échappé des mains, sans causer de dommages à l'imposant volume, il rompit la guerre du silence en bondissant de sa chaise.

« Gardien, c'en est assez ! Je ne supporterai pas plus longtemps votre maltraitance de notre héritage spirituel. Rien ne vous concerne dans MA bibliothèque, rien que vous pouvez comprendre. Cessez de tripoter ces livres de mille fois plus d'importance que votre petite personne ! »

Ophidia le fixa d'un regard torve, le coup bas avait porté. Tandis qu'il se penchait pour ramasser avec vénération la reliure de toile grossière, elle soupesa le poids d'une autre qu'elle venait de tirer du même endroit, avec la tentation de la laisser choir à côté de sa jumelle. C'est alors qu'une niche creusée dans le mur apparut à la lumière jaune du lampyride, une cache assez profonde pour y loger plusieurs flacons. Aucun doute ne planait sur leur contenu alcoolisé grâce aux étiquettes joliment imprimées de navires, de pirates et de fleurs ensoleillées : « *Le breuvage doré* », « *Liqueur florale des îles* », « *L'or en verre* ».

« Oh, amateur de plaisirs îliens ? Rien qui me concerne à part à la fin d'un repas, je veux bien le croire à présent », se vengea le mètre et quarante-neuf centimètres de l'infirmière.

Furieux, Pedro lui arracha le volume et replaça les deux reliures pour masquer son coupable secret. Quand elle lui demanda la clef de la porte du bureau attenant, il l'extirpa de sa poche et lui ouvrit lui-même. D'une voix de rogomme, il lui indiqua que la pièce n'était pas fermée vers la coursive, elle saurait retrouver son chemin sans revenir dans sa bibliothèque et reverrouilla derrière elle. Cette pièce n'était pas meublée, pas même d'une chaise, quant à la salle d'études un peu plus loin, elle y découvrit amassé jusqu'au plafond le fatras déménagé de l'infirmerie.

En dernière extrémité, elle avait essayé d'entrer dans le petit salon de Montague, un brusque courant d'air l'avait emportée jusqu'au bas de l'escalier principal, la faisant voler dangereusement près de la galaxie de lampyrides. Après cette expérience de haute voltige dans l'espace, elle avait prudemment renoncé au soutien de La Montagne.

Le rez-de-chaussée et le premier étage arpentés sans succès, la cave lui fut interdite par Bill, campé dans le cagibi comme un garde imperturbable dans sa guérite. Sur le point d'entamer la visite des étages supérieurs, Ophidia fut retenue par un argument très personnel. Déjà peu encline à s'aventurer dans les couloirs sombres, entrevus quand elle avait grimpé subrepticement jusqu'au deuxième, la tête lui avait tourné en pensant à une évasion depuis un pignon sur rue à cette hauteur : elle souffrait du vertige dès la troisième marche d'un escabeau. L'idée de son corps fragile suspendu dans le vide, accroché à la vie seulement par ses mains moites sur une corde de draps liés, comme dans les dramatiques quand l'orpheline s'enfuit de chez ses bourreaux, lui donnait des sueurs froides. Pantelante, elle réintégra l'infirmerie et s'administra un cordial pour oublier ce désordre de l'oreille interne.

Tandis qu'Ophidia se démenait, la léthargie coutumière avait remis en sommeil les pensionnaires. Chacun vaquait à ses occupations paresseuses, oublieux dès le lendemain du crime atroce qui les avait frappés et *a priori* satisfait que leur *Gardien* s'agite sans eux. Le Gérant s'obstinait à conserver un silence parfait parmi leurs chuchotis et raclements de chaises, et seul le bourdonnement des lampyrides criait parfois famine, en s'assombrissant quand Bill tardait à les nourrir.

La plainte des lucioles sous globe inspira à l'infirmière une action sociale, elle déclara à tous qu'elle entamait officiellement une grève de la faim. Au bout de vingt-quatre heures, elle s'avouait que son désespoir n'était pas suffisant pour bouder son estomac bien plus contestataire que sa volonté. Elle tint une nuit supplémentaire, mais quand elle descendit à l'infirmerie pour distraire les gargouillis des crampes en réalisant quelques affiches bien senties, elle découvrit un panier rempli de fraises juteuses posé sur l'appui de fenêtre. Une carte à l'écriture malhabile l'accompagnait : « *Courage, Ophidia Mambala, vous valez mieux que tous les habitants des murs.* »

Le parfum des fruits, irrésistible, et le charme du message eurent raison de sa détermination, elle dévora avec délice le cadeau imprévu en échafaudant un plan qui lui permettrait de rencontrer enfin le jardinier intermittent. La gourmande ne put le mettre à exécution : à la fin de la matinée, Pedro, l'œil humide et la goutte au nez, se présenta à son bureau en respirant comme un poisson échoué sur le sable.

C'était le premier cas de l'épidémie d'une sorte de rhume des foins qui toucha tous les pensionnaires. Inconnue dans son manuel de recension médicale, l'allergie massive monopolisa son attention pendant que le concert d'éternuements sonorisait l'Institut. Quand enfin la vaillante infirmière, indemne de symptômes, éradiqua la dernière poussée de pustules jaunâtres grâce à une pommade inédite — une recette découverte par Pedro, le plus atteint d'entre eux, dans un ancien vade-mecum à la bibliothèque, *Guide des pratiques omnipraticiennes inclassables* —, elle s'aperçut que la chaleur de l'été régnait sur le parc.

XIII

« Bonjour !
– Bonjour, Endrike. »

Le poète avait frappé un rythme guilleret sur la porte avant d'entrer sans attendre d'invitation.

Peu à peu, les résidents avaient repris commerce avec leur Gardien, ils la saluaient dans les couloirs et entamaient de timides échanges au repas ou dans le salon. Même Pedro était revenu à de meilleurs sentiments, depuis la guérison de son rhume particulièrement coriace. L'intérêt de l'infirmière pour les grimoires médicinaux pendant sa maladie avait atténué sa défiance, d'autant plus qu'il avait découvert une interlocutrice attentive à ses péroraisons verbeuses, quand il s'attardait avec minutie sur le détail des œuvres d'anciens grands maîtres enchanteurs.

Un après-midi, Endrike s'était invité à l'infirmerie, aussi primesautier qu'il l'était la veille de la mort d'Arthurius. Chargé d'une flûte et d'un tam-tam, il déclara son intention de continuer ses cours de création afin d'aborder la magie par la musique et le chant, un peu déconcerté par les progrès stagnants de son élève en dessin. Mais la visite de ce jour n'avait pas pour objectif d'enseigner les trilles à Ophidia, il la secondait avec enthousiasme dans l'organisation de la *party*.

« Tout est prêt ! Bill vient d'installer les parasols, allons accueillir nos invités, Gardien.

– Très bien. Attends juste une seconde, je termine mon inventaire. »

Ophidia achevait de noter l'état du stock des drogues, songeant avec un contentement renouvelé à ses nouvelles connaissances en herboristerie. Les plantations de la serre fournissaient l'essentiel des ingrédients nécessaires à confectionner onguents, décoctions et concentrés curatifs pour guérir les maladies ou blessures courantes. Un étui apparaissait parfois, une notice claire inscrite sur l'étiquette, contenant un composant absent du jardin couvert, déposé par son assistant insaisissable.

Pendant qu'elle écrivait, Endrike chantonnait en dansant d'un pied sur l'autre, impatient.

« Penses-tu que je pourrais offrir une chanson à la compagnie pour clore la fête ? demanda-t-il soudain.

– Mais oui, l'idée me semble excellente ! » lui répondit gaiement la copiste en rangeant le registre. Puis tout à coup suspicieuse, elle ajouta les sourcils froncés : « Si tu n'espères pas m'obliger à t'accompagner au tambourin. »

Endrike éclata de rire et nia farouchement avoir eu une idée pareille. Il était charmant dans la tenue de pâtre choisie pour l'occasion : une tunique légère brodée à l'encolure d'un entrelacs noir de palmettes sur un simple short blanc, ses pieds nus dans des sandales à lanières qui scintillaient à chacun de ses pas, recouvertes d'or martelé. Il avait été convenu que la réunion serait habillée, et Ophidia avait d'ailleurs troqué son uniforme pour une robe fleurie et une coquette capeline en paille avec un ruban bleu. L'air complice, les deux organisateurs se rendirent bras dessus bras dessous à leur *party*.

Bill et son petit-personnel avaient nettoyé la terrasse à l'aube, les mosaïques délicates qui l'ornaient scintillaient au soleil sous les tables nappées de guipures blanches, chargées de coupes de fruits et de carafes de vin clair. Disposés en grappe autour, des transats disparates mais en bon état n'attendaient plus que leurs hôtes. La veille, Endrike avait convaincu son frère de tondre une portion de la pelouse ; l'événement fit le tour de l'Institut et presque tous les habitués du grand salon descendirent pour assister, prudemment retranchés sur la terrasse, à l'incroyable exploit.

Ezekel était déjà là à l'arrivée de l'infirmière et de son collaborateur artistique. En élégant tailleur grège, veste et pantalon large, perché sur des sabots toujours vertigineux, il contemplait avec satisfaction le rectangle d'herbe rase. Quand il les vit, il reprit trop tard son visage ordinaire, impassible entre les rouflaquettes, et se laissa moquer de bonne grâce. D'un geste cérémonieux, il leur montra les arceaux et piquets plantés en croix à double branche.

« Le jeu de croquet est installé, j'ai respecté vos consignes au centimètre près, Ophidia.

– Merci, Ezekel, c'est impeccable. Et vous verrez, les règles sont très simples, un jeu d'enfant… auquel les adultes jouent avec plaisir ! »

L'excitation de bientôt pratiquer le parcours qu'elle avait beaucoup arpenté, gamine, enflammait son visage. Elle sourit aux anges en admirant les figurines animales sculptées sur les maillets. Sa proposition d'organiser un tournoi avait été favorablement accueillie et elle était heureuse d'utiliser ce beau jouet ancien découvert dans *La Réserve*.

Évidemment, certains avaient émis des objections avec plus ou moins d'amabilité. Le Gérant lui avait souhaité un bon amusement en rappelant que les gens sérieux avaient autre chose à faire de leur journée, La Montagne avait décliné avec élégance en expédiant un billet rédigé en jolis caractères sur son bureau.

Ivan s'était montré déplaisant, perfide avec son ami Ezekel qu'il accusa de déviance, il fustigea Endrike pour abandon de jeu, puis s'enferma dans un silence boudeur devant l'échiquier. Ophidia les avait envoyés promener sans aménité et se consacra aux bonnes volontés.

Quand tous les participants eurent rejoint la terrasse, elle leur expliqua les subtilités du croquet et les répartit en deux équipes, satisfaite de constater au passage qu'ils s'étaient tous endimanchés comme il était convenu. La prochaine fois, elle penserait à se procurer un appareil photographique, se promit-elle, il y en avait peut-être une armoire pleine de tous les modèles existant quelque part dans l'Institut. Un portrait de groupe serait d'un bel effet pour décorer son bureau et rappeler à ses patients qu'ils partageaient plus que leurs plaies et bosses.

Le tournoi dura l'après-midi. Ophidia joua sans se mêler à la compétition, arguant de sa grande maîtrise du maillet, et effectivement, elle termina bonne première aux deux manches. Pedro amusa la galerie en ne réussissant jamais à passer l'arceau de départ et stagna au piquet pendant toute la partie. Bien entendu, Endrike emprunta le parcours du mauvais côté et ce fut Ezekel et Bill qui se disputèrent la finale dans un face à face tendu, ponctué d'exclamations enthousiastes des spectateurs. Le balayeur l'emporta de peu et s'en glorifia jusqu'à la fin de la fête.

Comme promis, tandis que les joueurs se prélassaient dans les transats en sirotant du vin frais, Endrike les enchanta de sa balade qu'il accompagnait sur sa lyre. La chaleur paresseuse de la fin d'après-midi semblait vibrer à chaque accord aigu de l'instrument alors que la voix enjôleuse du chanteur la modelait en volutes sonores. Sous ses doigts et de ses lèvres, il créa une rose de neige, une fantasmagorie d'hiver destinée à rafraîchir l'atmosphère.

Le rêve vous indispose et
vous riez
du rosier nu et mal peigné
l'arbuste étoilé par l'araignée.
Vous riez
à la nuit du ciel entoilé
tissé dans le buisson barbelé.
Vous riez
de l'éphémère effort hardi
pour enfanter un doux paradis.

Mais entre la ronce et le voile
embaume une rose en soie pâle
un paon-du-jour né à l'aurore
abrité sous le filet d'or
butine à sa corolle opale
le miel de la moisson d'étoile...

Ophidia s'était assise à l'écart et, lasse, elle savourait la réussite de la réunion en plein air. Fascinée par la création magique du poète, elle éprouvait aussi la gêne craintive de l'intelligence, lorsque celle-ci ne conçoit pas le prodige que les perceptions affirment pourtant réel. Elle détourna le regard vers le Jardin des espèces pénibles pour échapper à l'illusion du buisson. À l'orée se profilait la silhouette d'un jardinier en tablier de travail, ses grosses bottes aux pieds, appuyé sur une pelle ou un râteau. En toute hâte, elle se leva et courut à sa rencontre, il ne bougea pas.

« Bonjour ! Vous devez être Horton ? Le jardinier intermittent ? »

Le garçon hocha la tête affirmativement et, immobile, attendit sans impatience. L'infirmière ne songea pas à lui poser d'autre question immédiatement, elle le dévorait du regard, interdite de découvrir un enfant. Dans son accoutrement trop grand pour son corps fluet, il ne pouvait avoir dépassé la douzaine d'années. D'immenses yeux verts éclairaient son visage au teint de porcelaine, parsemé de taches de son, qu'une cascade de cheveux roux masquait en grande partie. Dans le dos, cette chevelure faunesque lui tombait jusqu'aux reins en boucles soyeuses, nouées derrière le cou par un lien de bois tendre. Et il lui manquait le bras gauche.

« Oh ! Tu as dû avoir mal. »

Surpris, il regarda son épaule mutilée et secoua la tête avec vigueur pour dire non.

« Pardon, je vous ai tutoyé, si cela vous ennuie... »

Il secoua encore la tête et sourit, un bref sourire qui fit apparaître des dents régulières et blanches.

« Tu ne parles pas ? »

Comme il allait de nouveau se tordre le cou de droite à gauche, elle l'arrêta d'un geste.

« Tu veux que je t'apprenne des signes pour discuter en muet ? »

Devant sa mine interrogative, elle lui montra comment dire oui, la main ouverte et les doigts écartés pendant que le pouce et l'index se touchaient en un rond, et le non que l'on signale la main fermée où seul l'index balance de droite à gauche. La manœuvre le séduisit et il s'amusa visiblement à répéter chaque signe à ses questions. Il les interrompit quand elle lui demanda où il vivait, il fit alors un mouvement évasif en direction du Jardin et éluda toute question à propos du sphinx, de la gorgone et de son musicien, ou d'autres habitants. La discussion ne l'intéressait plus, se détournant vers un seau posé derrière lui, il y plongea sa main valide pour en extraire un pot dans lequel poussait une unique fleur d'or, il la lui offrit.

« C'est pour moi ! C'est pour ça que tu m'as attendue ? » La fille de la campagne de Bonnefin s'exclamait, ravie du cadeau, le nez dans la corolle parfumée. « Elle est merveilleuse, mais je croyais qu'on ne pouvait pas les cultiver ailleurs que dans les îles. Tu es vraiment un jardinier hors pair. Comment as-tu réussi ? »

Horton exécuta une pantomime expressive. Le concept de la graine fut complexe à appréhender, par contre, elle reconnut le balayeur facilement à l'utilisation molle de son ustensile, suivie d'une colère monstrueuse, imitée avec des grimaces effrayantes et des contorsions grotesques. Au bout d'un moment, Ophidia finit par comprendre l'essentiel : dans les ordures jetées par Bill près de l'office, il avait déniché une graine et l'avait emportée chez lui. Là, Horton avait demandé au germe s'il désirait s'épanouir avec son aide, l'esprit végétal avait accepté. La méthode sidéra l'infirmière, mais elle ne douta pas de la sincérité du garçon.

Soudain, le gamin se rembrunit, les yeux dirigés vers les hauteurs de l'Institut, et indiqua qu'il partait. Avant qu'il se penche pour attraper son seau et l'accrocher adroitement à son épaule mutilée, Ophidia avait suivi son regard : un étrange chatoiement jouait sur la vitre entière de la baie du salon. Elle plissa les paupières et distingua une villa reflétée comme dans un lac caressé par la brise, ses contours frissonnant dans l'onde.

« Quel est cet extraordinaire mirage ? » demanda-t-elle à Horton.

Un bruissement de feuilles lui répondit, elle se retourna pour constater que le garçon s'était enfoncé au cœur des fourrés.

Dans le parc et sur la terrasse traînaient les vestiges de la *party*, mais les pensionnaires s'étaient aussi éclipsés sans qu'elle le remarque, absorbée par sa rencontre avec le jardinier intermittent. Sous le soleil rasant, elle était l'unique témoin à percevoir l'image fantomatique qui vaguait toujours sur le verre. Déterminée à élucider le mystère de l'apparition, Ophidia retroussa sa robe d'une main et se mit à courir vers l'Institut, sa fleur d'or serrée contre sa poitrine.

Le séjour et les couloirs étaient déserts, aucun bruit ne résonnait de l'office. Bill n'avait pas nourri les lampyrides et affamés, ils murmuraient en répandant une luminosité crépusculaire. Insensible à leur désarroi, la gardienne foulait le tapis émeraude sans crainte de la pénombre désormais familière des lieux feutrés. L'écho sonore de ses talons sur les marches résonna dans l'escalier de service, elle continua sa course, ralentit imperceptiblement à quelques mètres de l'appartement d'Ezekel, mais décida d'obliquer vers le salon ; le mirage pouvait disparaître d'un instant à l'autre, elle n'avait pas le temps d'alerter qui que ce soit.

Au bout du dernier couloir, les statues hiératiques des grands chats bariolés la retardèrent, elle accéléra lorsqu'elle sortit de leur labyrinthe et se précipita vers la table devant la fenêtre. Sa destination atteinte, son cœur battait la chamade, la fleur lui effleura le menton quand elle s'appuya sur le plateau pour reprendre son souffle.

Derrière elle, un hurlement fracassa le silence.

Ophidia fit volte-face, enregistrant un bref éclair doré à l'entrée de la Cour féline, mais la menace surgissait du côté opposé. Le visage déformé par une grimace atroce, les lèvres retroussées sur les dents, Ivan se ruait vers elle, sa bouche béante en un cri interminable. Les bras tendus comme un somnambule, ses mains labouraient le vide.

En quelques secondes qui lui parurent une éternité, la réalité de la jeune femme s'effondra, son enfance au bord des rivages, la simplicité des journées aux champs en compagnie de sa mère, les peines et les blessures des villageois parfois si lourds pour son père qu'il n'en dormait plus, sa vocation qui l'avait menée en ville pour apprendre comment lutter contre la souffrance des bêtes et des humains. Rien de son quotidien ne l'avait préparée à l'horreur qui déferlait dans ce salon de l'Institut quand l'homme se décomposa sous ses yeux.

Plan après plan, de bas en haut, débité en lamelles analogues aux couches transversales d'un mannequin anatomique, Ivan se dissociait. Chaque fine portion se détachait de son corps, décalée à une infime distance de la précédente, abandonnée à la place que l'homme occupait le millième de seconde avant, et se consumait tandis qu'il fondait vers Ophidia. Les tranches de chair se pulvérisaient en laissant une traînée vaporeuse, les pieds s'évanouirent les premiers, le reste du corps s'évapora, les mains disparurent en griffant l'air.

Seul, l'élan incoercible de la ruée emporta la face tordue par une hurlée inhumaine jusqu'à la lisière du visage de l'infirmière, expirant dans un râle un souffle brûlant de tourments qui la fit suffoquer. Tétanisée par l'effroi, elle crut entendre le mot « *repentir* » puis le silence retomba comme une chape de plomb.

Après un long moment, la gardienne réussit à sortir de la léthargie : elle ferma les yeux, crispa les paupières, puis les rouvrit.

Dans le grand salon, il ne restait aucune trace d'Ivan.

Avec la sensation de se mouvoir dans un brouillard de coton, elle déposa le pot de la fleur sur la table, surveillant par-dessus son épaule le moindre frémissement suspect. La plante lui servit d'attache au monde réel, sa corolle d'or, un flambeau dans l'obscurité.

C'est sa couleur qui lui rappela le bref scintillement entrevu parmi les statues de chats. Quoi qu'il se soit produit dans cette pièce, et bien que le phénomène ait outrepassé de loin ses facultés de compréhension, Ophidia était désormais sûre d'avoir assisté à un meurtre.

Cette conviction l'arracha curieusement à la terreur qui l'avait paralysée, car dans son esprit, un assassin, même magicien, ne pouvait qu'être rattrapé par la justice pour répondre de ses crimes.

Sans bouger, elle inspecta le salon. La tâche se révéla compliquée par l'absence de lumière, les lampyrides vagissaient, mis en sommeil jusqu'au matin, et il faisait nuit noire d'après les fenêtres face au grand mur. Elle discernait vaguement les formes du mobilier, il lui sembla que la table qui supportait l'échiquier s'était écroulée, le jeu répandu sur le sol, sans pouvoir l'affirmer.

Sur le point d'aller vérifier, elle réalisa qu'elle était vraiment seule, personne dans l'Institut n'avait réagi au hurlement pourtant incroyable, personne n'avait surgi de la coursive autour de l'escalier principal. Son courage s'émietta aussitôt. D'un geste nerveux, elle s'empara de la fleur comme d'un talisman qui la protégerait pendant qu'elle s'enfuyait vers sa chambre, avec l'espoir de l'atteindre en vie.

XIV

En haut de l'immeuble condamné, en face de l'Institut, dans un appartement désaffecté, assis devant une lucarne qui ressemblait à une meurtrière, un homme veillait. Pour la dixième fois en une heure, il se leva pour se réveiller, chancela, se rassit sur le siège choisi pour son inconfort par ses supérieurs ; impossible de s'endormir sur cette chaise en métal.

La pièce était blindée et matelassée, insonorisée, protégée de l'effraction par un dispositif compliqué de verrous et un trousseau de clefs unique pour le service. Ce n'était pourtant que la cuisine étriquée d'un logement minable à laquelle le Ministère des Précautions avait fait ôter tout le mobilier et les commodités.

En tenue civile passe-partout, le limier deuxième classe Lambretto avait pris son tour de garde en début d'après-midi, mais il se sentait déjà vidé d'énergie avant la fin de son quart de surveillance. Pour tromper l'ennui, quand il ne pensait pas au temps restant avant la relève, il s'interrogeait sur son travail, des questions qu'il n'aurait certes pas formulées à voix haute.

Il était claqué comme après un service en immersion dans les bas-fonds de la ville. Le boulot était pourtant une sinécure, six heures tous les trois jours et un seul devoir, épier la façade de l'Institut. L'équipe assignée à sa garde avait même obtenu des congés supplémentaires et du renfort pour les remplacements de plus en plus fréquents : il suffisait de se plaindre de l'estomac pour se retrouver en chambre avec un arsenal de tuyaux dans la bouche et dans le cul. Exploration du terrain suspect, disaient les toubibs.

Ah ça, les médics de l'Attention bichonnaient leur santé, il n'y avait rien à redire de ce côté-là. Pour le reste, ces binocleux restaient d'insupportables je-sais-tout, prêts à couper en quatre les cheveux pour prouver qu'ils détenaient la raison scientifique. Pour être honnête, de satanés emmerdeurs incapables de gérer une situation dans l'immédiat et de façon définitive, comme dit le chef Liarsson.

En tout cas, quand Lambretto avait commencé cette mission, les horaires étaient normaux, avec deux jours de repos. Aujourd'hui, il y avait une ribambelle de clampins attachés à la garde de ce fichu Institut, tous la tête à l'envers.

Normaux... voilà, cette mission relevait de la plus grande anormalité, trop douce, trop facile, et trop épuisante.

Tiens, un bleu qu'on surnommait l'artiste parce qu'il crayonnait des petits dessins rigolos dans son carnet de bord, il n'avait pas tenu le coup, rétamé. D'après un collègue aux archives, le gars avait été interné en réadaptation mentale, catatonie qu'il disait.

Les réflexions de Lambretto l'auraient peut-être mené à d'autres considérations, mais un éclair en face lui rappela les ordres. Il tira de sa poche son carnet réglementaire, sans gribouillis, et nota le message en morse envoyé par une torche depuis les combles de l'Institut. Si sa formation l'avait familiarisé avec le code, celui-ci, crypté, restait incompréhensible.

C'était la première fois qu'il recevait une communication, cependant il connaissait la procédure par cœur. Sans attendre la relève, il quitta la cuisine et ferma méticuleusement tous les verrous. Avec une énergie renouvelée par le soulagement de s'éloigner, il descendit l'escalier bourré de détritus. Dans le hall, il ignora la porte principale qui s'ouvrait face à l'Institut et sortit par celle de derrière. Le jardinet, autrefois dévolu aux poubelles, empestait encore les ordures, il poussa une planche de la palissade et, au pas de course, s'en fut vers le ministère par une ruelle parallèle bordée d'immeubles, tous désertés.

Un peu plus tard, dans le bureau privé qu'il réservait aux entretiens confidentiels, le ministre lissait la page de carnet griffé de traits et de points. D'allure insignifiante, presque bonasse, l'homme s'était arrangé pour éviter toute image publique, son rôle à la tête des Précautions lui allait comme un gant. Les deux chefs de service, Liarsson et Müller, ne se fiaient plus aux apparences depuis longtemps, si la voix de leur supérieur s'adoucissait, les ennuis se profilaient à l'horizon. Raides dans leurs fauteuils, leur antagonisme mis en veille, ils écoutaient avec déférence la décision ministérielle.

« Malgré les événements, le phénomène est stable. Le Gérant assure qu'il maîtrise parfaitement la situation, je le crois. Aucune intervention n'est prévue, nous continuerons néanmoins de maintenir une surveillance rigoureuse. »

XV

Un accident !

Le Gérant avait eu le culot de lui prétendre que la vaporisation d'Ivan était un accident !

Ophidia ramassa le billet qu'elle avait froissé, roulé en boule et jeté avec rage contre la vigne. Elle le déplia et le relut pour en vérifier la teneur invraisemblable.

Ce pauvre Ivan a poussé démesurément ses recherches de plans dans l'espace et le temps, il était très ambitieux. Il s'est déphasé par accident. Sa mort terrible vous a troublée, c'est compréhensible. Vous devriez peut-être vous prescrire un calmant ? Le Gérant

Troublée, un calmant… un accident !

L'infirmière remâchait les mots avec amertume. Depuis deux jours, tous les pensionnaires lui serinaient la même histoire, Ivan avait succombé malencontreusement, et dans beaucoup de souffrance, à un accident. La malchance du magicien.

Elle s'attabla à son bureau et, les coudes sur le plateau, se prit la tête entre les mains. Pour un peu, elle aurait pleuré d'exaspération. Au bout d'un moment, plus calme, elle sortit d'un tiroir le registre d'entrées en espérant que le travail la distrairait de ses idées noires. Des pages arrachées et des informations incomplètes prouvaient à quel point l'Institut était géré en dépit du bon sens, elle s'était attelée à la tâche de les réordonner et de les préciser.

Une section recensait plus ou moins les résidents, Ivan y figurait avec son nom, Sov, et l'emplacement de sa chambre : *au deuxième tout au bout du couloir*. Le type même d'inscription fantaisiste qui l'agaçait, un numéro aurait mieux convenu pour s'y retrouver dans le dédale mal éclairé du bâtiment.

Entré par la fenêtre ouverte sur le potager, le soleil jouait avec la fleur d'or épanouie, il faisait grand jour. La luminosité blonde encouragea son dessein naissant d'aller explorer le deuxième étage juste entrevu depuis qu'elle résidait à l'Institut, et plus particulièrement le logement d'Ivan Sov. Puisque les vivants visibles ou invisibles lui refusaient des réponses explicites, elle irait les chercher chez les morts.

Munie de sa lampe à manivelle, elle quitta en catimini l'infirmerie. Avant de partir en quête d'indices, elle avait hésité à s'équiper d'une arme de défense, un scalpel, par exemple. Devant l'armoire des fournitures dangereuses, sur le point de décrocher la clef pendue à un cordon autour de son cou pour la décadenasser, elle avait renoncé. Utiliser un outil pour sauver les vies à des fins mortelles lui faisait horreur, le malheureux Arthurius avait assez souffert de cette perversion humaine.

L'issue de l'escalier au deuxième ressemblait à celle située à l'étage du dessous, à part l'absence d'écriteau sur le réduit coincé sous les marches, pas de mystérieux MiHaHou ici. À pas mesuré, elle s'engagea dans le couloir finalement bien desservi par les lampyrides et déchiffra les panneaux. Trois d'entre eux ne portaient aucune inscription, le quatrième indiquait *Endrike Etxeochoa, artiste en sons* calligraphié par l'homme à tout faire. Ophidia faillit frapper à sa porte pour prendre de ses nouvelles, la disparition de son partenaire aux échecs semblait l'avoir plus ému que ses camarades et il n'apparaissait plus que sporadiquement dans le grand salon, l'air épuisé. Mais l'enquête ne nécessitait aucun retard tant qu'elle avait le courage de la mener, elle continua son exploration.

À la jonction avec le couloir transversal, elle obliqua d'abord à gauche et ne vit qu'une porte au nom de *Chandra Kumar astrologue*, l'une des ombres grises avec lesquelles le contact n'avait pas été établi. De l'autre côté, elle distingua au bout une coursive dépourvue de statues félines, deux portes flanquaient ce segment, l'une vers l'appartement de *La Montagne absente* qui exprimait la stricte réalité puisque Montague résidait en permanence dans le petit salon au premier. La suivante s'intitulait avec autant d'absurdité que les précédents espaces de rangement *Un autre placard*.

Ce fut à l'extrémité du premier couloir, comme l'avait prédit le registre, qu'Ophidia déchiffra le nom d'*Ivan Sov, manipulateur des ordres et désordres*. Elle appuya sur la poignée, l'appartement n'était pas fermé. Très semblable au sien dans l'agencement et l'ameublement standard, à part qu'aucune vigne ne poussait sur un mur, il disposait en supplément d'une bibliothèque emplie à craquer. Les battants grincèrent lorsqu'Ophidia les écarta, elle dut forcer pour que les gonds consentent à glisser. La couche de poussière qui s'était accumulée dans les interstices et sur les reliures maussades en toile grise, seulement numérotées au dos, la dissuada d'entreprendre la fouille du meuble, visiblement inutilisé depuis des lustres. Le bureau disparaissait sous des piles de croquis, dont la plupart demeuraient abscons pour l'infirmière, des plans géométriques annotés de chiffres et de hiéroglyphes, les tiroirs en débordaient aussi.

Refroidie par l'insuccès de ses débuts, l'apprentie détective était sur le point de se retirer quand elle avisa le chevet du lit. Dans son casier coulissant, elle découvrit enfin un indice, un journal intime écrit en langage compréhensible. Elle déchanta en le parcourant, l'auteur avait barré de nombreux passages, elle décida alors de l'emporter et, peut-être, avec une loupe, déchiffrer sous les traits noircis ce qu'avait bien pu désirer cacher Ivan Sov.

Sur le chemin du retour, l'amie inquiète s'arrêta devant la porte d'Endrike. Elle s'apprêtait à frapper mais avorta son geste, mue par un sentiment diffus d'anxiété, pour dissimuler d'abord le journal sous sa veste. Endrike tarda à répondre, après qu'elle eut toqué, elle cogna le bois avec insistance en l'appelant doucement.

« Endrike ? Ouvre-moi, s'il te plaît. Tu vas bien ? Endrike… »

Il entrebâilla enfin pour apparaître les cheveux hirsutes et presque nu, un linge noué lâchement autour de sa taille. Son sourire qui se voulait engageant se tordit malgré lui en une grimace.

« Je ne suis pas présentable, Gardien, tu m'excuseras de ne pas t'inviter à entrer. Je vais bien, nous nous verrons plus tard, n'est-ce pas. » Et il lui referma la porte au nez.

Un peu vexée, Ophidia tourna des talons et s'engouffra dans l'escalier, se demandant pourquoi Endrike avait semblé masquer l'intérieur de sa chambre avec son corps. Un pâle rayon échappé d'un coin de rideau éclairait une portion du mur attenant. Elle avait eu le temps de discerner des mots peints ou grossièrement écrits en rouge à même la paroi, trop indistincts pour les lire. Distraite par sa découverte troublante et également, devait-elle s'avouer, par la plastique séduisante du poète, elle dévalait les marches sans regarder devant elle et faillit percuter la sourirare à l'oreille pendante.

La créature sursauta, aussi surprise du carambolage tout juste évité. Cette fois, elle ne se montra pas agressive, au contraire, elle détala. Par réflexe plus que par réflexion, l'infirmière se lança à sa poursuite, descendant l'escalier quatre à quatre avec l'entraînement acquis aux urgences médicales. Sur le palier du premier étage, elle suivit le bout de la queue grise qui disparaissait dans les profondeurs vers l'office et arriva tout juste pour voir la sourirare se faufiler derrière Bill, campé devant le gong, toujours armé de son balai. La chimère lui adressa son rictus le plus aimable, deux dents dehors et les moustaches vibrantes, puis s'évanouit dans la volée qui menait à la cave.

« C'est interdit, déclara le balayeur.

– Mais enfin, Bill, me direz-vous ce qu'il y a là-dessous d'interdit !

– Non », maugréa-t-il en plissant le front. Il se balançait de droite à gauche, la moue butée. Soudain, il toussa grassement, Ophidia comprit plus tard qu'il s'était éclairci la voix pour lui faire un discours.

« Monsieur le Nouveau Gardien, pauvre Bill n'est pas toujours le pauvre Bill, avant il était fort et gardait tout l'Institut, je crois. » Il se gratta la joue, pensif. « Maintenant, je balaye, et je vois tout. Vous, vous ne voyez rien. »

Son interlocutrice attendit la suite, mais elle ne se présenta pas. Les bras croisés sur son balai et la lippe maussade, Bill patienterait jusqu'à son départ, ferme comme un roc.

« Euh… merci, Bill, je tiendrai compte de votre avertissement. »

Pendant qu'elle remontait, elle tâta sa veste pour vérifier que le journal d'Ivan n'avait pas chuté pendant sa course folle. Le rectangle épais n'avait pas glissé et, rassurée, elle se hâta vers l'infirmerie et en claquemura les issues pour l'examiner sans interruption. Avant de l'ouvrir, elle jeta un coup d'œil torve à la vigne, mais aucun tube n'en secoua la canalisation pour lui livrer un conseil irritant.

La loupe à la main, elle commença à lire la vie peu passionnante d'Ivan. Tout au moins, les passages de son quotidien qu'il n'avait pas jugés bon de noircir, car les autres restaient désespérément obscurs. À la fin de la journée, les problèmes des flatulences digestives du manipulateur de dimensions n'avaient plus de secret pour la lectrice, il avait noté précisément chaque désagrément et leurs variantes infinitésimales, ainsi que l'heure à laquelle il se soulageait. En bonne professionnelle de la santé, elle aurait complimenté son compte-rendu exact, mais pour l'heure, se souvenant de sa mort horrible, elle se retenait de le maudire.

À part les embarras gastriques, et une dose concentrée de réflexions hermétiques sur ses recherches magiques, elle apprit toutefois qu'il entretenait des rapports amicaux avec Ezekel et éprouvait une condescendance affectueuse pour Endrike. Les yeux larmoyants, penchée sur le verre grossissant, elle désespérait de distinguer un indice dans les parties barrées quand enfin, un paragraphe se laissa partiellement deviner. Le stylo employé manquait d'encre et les barres plus transparentes lui permirent de noter deux morceaux de phrases :

« *... au cours de l'expérience interdite...* »

« *... elle m'a montré la queue du sphinx.* »

D'abord, elle exulta : ainsi donc, des femmes avaient vécu ici ! Et les hommes — ou, pour demeurer fidèle à l'analyse, un homme, Ivan — avaient eu conscience de leur existence. Elle récupéra son calme rapidement, car si les mentions de l'expérience et du sphinx prouvaient une coalition peut-être criminelle, elle devait reconnaître que les informations ne l'avançaient guère dans la résolution des meurtres.

En se tapotant le nez avec la loupe, elle élabora sa future stratégie, applicable dès le lendemain. Un regard aux fenêtres lui avait rappelé l'heure, la fleur s'était recroquevillée en poing, la nuit tombait. Une visite nocturne au Jardin des espèces pénibles ne la tentait pas du tout et puis, captivée par son déchiffrage, elle en avait omis le repas, elle mourait de faim.

Ophidia venait de dissimuler le journal au fond du tiroir le plus bas, derrière un volumineux manuel d'anatomie, quand on frappa à la porte. Elle alla ouvrir en grognant contre le pensionnaire qui sollicitait tardivement ses services, alors qu'elle salivait à l'idée d'un plateau bien garni.

« Niklaus ?

– Monsieur Ophidia, je veux vous parler.

– Eh bien, vous avez de la chance de me trouver, une minute plus tard, j'étais partie dîner. »

Peu décidée à entamer une conversation vespérale avec l'Oracle, l'infirmière occupait le seuil, une main sur la poignée. Le visiteur comprit qu'il n'était pas le bienvenu.

« Je vous dérange, et pourtant, vous regretterez de ne pas m'avoir reçu », commença-t-il. Tournant la tête sur son cou de héron, il parut vérifier dans le couloir désert qu'aucun intrus ne les espionnait et chuchota sans la regarder : « Vous vous leurrez sur tant de sujets.

– Niklaus, vous devenez désagréablement mystérieux, je…

– Chut ! » siffla l'homme en virevoltant.

Les yeux inquisiteurs fouillèrent ceux d'Ophidia, la plongeant dans cette langueur glaciale qu'elle avait déjà expérimentée. L'Oracle colla son visage au sien et sa bouche exhala le souffle gelé de ses prémonitions.

« Bientôt, le…

– Ophidia ! »

Surgi comme un diable hors de sa boîte, Ezekel la hélait depuis l'escalier de service. Niklaus perdit aussitôt sa stature de grand oiseau pour redevenir l'échalas grincheux. Pourtant, il ne céda pas aussi passivement que d'ordinaire à l'autorité de l'importun. Lui jetant un regard haineux, sa voix de crécelle susurra à la Gardienne :

« La pénombre vous aveugle, vous devriez ouvrir la fenêtre. »

Le lendemain, l'Oracle disparut.

XVI

Au milieu de la nuit, Ophidia s'éveilla en sursaut. La chaleur étouffante de l'été lui collait les boucles en mèches humides dans le cou, elle repoussa le drap et se leva pour ouvrir une fenêtre. Penchée sur le rebord, elle respirait l'air chargé de parfums du potager, il faisait à peine moins chaud, mais les odeurs de terre et de plantes qui en montaient lui donnaient une impression de fraîcheur. Elle chercha dans le ciel la constellation de la Dame des rivages et s'étonna de ne pas la distinguer. Seules les étoiles les plus proches étaient visibles, comme si un léger voile brillant couvrait les lumières plus faibles des astres lointains dans l'atmosphère. Laissant la fenêtre ouverte, elle se recoucha et se rendormit, vaguement troublée par le silence qui pesait chaque nuit sur l'Institut.

L'aube apporta la brise qui fit bruisser les arbres fruitiers et secoua les rideaux en pénétrant dans la chambre de l'infirmière. Celle-ci frissonna, tâtonnant le matelas en quête du drap pour se recouvrir, il avait glissé sur le sol. Ensommeillée, elle tentait de le récupérer quand elle se souvint de ses plans d'investigation. La sueur qui empoissait sa liquette l'encouragea à s'extirper du lit, elle prit la direction de la salle de bain, anticipant le plaisir de se doucher.

Pour rejoindre le Jardin des espèces pénibles, l'enquêtrice matinale préféra longer les parterres disparates du potager où Horton avait composé une harmonie verte de salades, fanes de carottes et ail d'ours en fleur. À l'angle de la bâtisse, elle accéléra le pas pour traverser le parc jusqu'à la trouée dans les fourrés et s'engagea sous les arbres, regrettant d'avoir oublié le parapluie qui l'aurait protégée des pisseurs et de leurs projections tenaces — le masque doré avait résisté plusieurs jours à la vigueur de ses décapages.

Fille des rivages, Ophidia possédait un bon sens de l'orientation dans la nature, elle reconnut sans peine le chemin qui menait à la clairière du sphinx parmi les arbres étranges. Le Ganguier cliqueta à son approche, une mélodie aiguë d'un carillon de bienvenue. Les cosses rousses la caressaient de leur musique tandis que les lianes s'attendrissaient à la poussée de ses mains pour les écarter. Derrière le tronc noueux, couché en rond sur la mousse en velours vert, le sphinx ronronnait, son échine puissante à peine animée par son souffle régulier.

« Bonjour, Sphinx ! » claironna l'infirmière avec un chevrotement mal réprimé, un peu effrayée malgré l'accueil de l'arbre.

Aucune perturbation ne secoua la crinière de la bête léonine qui lui tournait le dos.

À pas hésitants, Ophidia se rapprocha de la chimère, avec l'espoir que la proximité de son pelage ne déclencherait pas une salve d'éternuements très embarrassante.

« Sphinx ? Je voudrais vous poser une question. »

L'appel plus assuré ne soulevant pas de réaction, elle contourna la masse impressionnante du félin et s'arrêta devant la large face endormie, les paupières obstinément closes au-dessus du mufle que le ronflement paisible faisait frémir. Entre ses pattes, le sphinx couché en rond abritait une cosse du Ganguier, de taille anormale et presque transparente à force d'être distendue. Dans le cocon, un homme était recroquevillé comme un fœtus dans un liquide qu'une bulle visqueuse troublait parfois.

Ophidia recula d'un pas, entre stupéfaction et panique à la découverte de cette matrice impensable, et heurta un obstacle remuant.

« Hé, doucement ! Je suis petit mais vivant, mes petons supportent mal l'écrasement ! » nasilla sa victime en la repoussant vers le sphinx.

« Salut à toi, Gardienne sans masque », salua une voix grave et juvénile au milieu d'un concert de protestation des gangues.

Kalèkagath était entrée dans la clairière en écartant vigoureusement les lianes qui exprimaient leur réprobation. Le musicien simiesque l'avait précédée sans bruit et, à présent, sautillait à ses côtés sur un pied pendant qu'il frottait le deuxième avec des grimaces outrancières de souffrance. La géante marcha vers Ophidia, casquée de sa nuée d'appendices en mouvement. L'une ou l'autre boucle de sa chevelure extraordinaire se détendait pour s'enfoncer dans le sol avant de s'enrouler de nouveau, comme si elle puisait à chaque pas son énergie à la source nourricière.

« Bonjour Kalèkagath, bonjour Théophile, balbutia Ophidia, et navrée de t'avoir bousculé, tu souffres beaucoup ? Je pourrais regarder…

– Ne t'inquiète pas pour ce vaurien, il simule pour attirer l'attention. Nous t'avons entendue appeler.

– *JE* l'ai entendue, coupa Théophile indigné, les sifflements de serpents sur ta tête te rendent à moitié sourde. » Mais il avait cessé sa pantomime et, lissant le plastron de son uniforme, il adressa un clin d'œil complice à l'infirmière.

« Je survivrai encore un peu, beauté ! »

Le soupir réprobateur qui échappa en même temps à ses deux compagnes le fit sourire largement.

« Nous t'avons entendue appeler, Gardienne », reprit Kalèkagath en appuyant sur le nous. « Le sphinx dort, il ne se réveillera pas si tu n'as pas de question.

– Pourtant, j'en ai une, et même de nombreuses autres !

– Tu le crois, mais tu n'en as pas, tu possèdes déjà leurs réponses.

– C'est faux : je ne sais pas qui est l'homme dans la cosse ni pourquoi il s'y trouve, ni s'il est mort ou vivant. Je ne connaissais même pas son existence avant ce matin ! Depuis que je suis arrivée à l'Institut, je nage dans le brouillard et tous, vous l'embrouillez davantage au lieu de le dissiper. Et les crimes s'accumulent. »

Ophidia avait réagi avec véhémence avant de conclure piteusement, la tête basse. En relevant les yeux, elle surprit la compassion sur les visages de la chimère et du chimpanzé. Kalèkagath lui adressa un geste apaisant.

« L'homme se nomme Adam, il navigue entre la vie et la mort sous la protection du sphinx. Tu devras croire mes paroles, Ophidia Mambala, ma présence dans la clairière était la réponse à tes questions, car tu es la *convergence*.

– La convergence ? Vous ne pourriez pas vous montrer plus clairs, tous autant que vous êtes ! »

Mais l'exaspération d'Ophidia ne rencontra pas d'écho, le couple lui avait tourné le dos et, ainsi qu'ils l'avaient fait la première fois, traversa le rideau du Ganguier pour s'évanouir dans la sylve. L'infirmière n'eut pas d'autre choix, devant le sphinx dormant du sommeil du juste, que de rentrer à l'Institut en méditant sur l'étrange qualité qu'après l'Oracle, Kalèkagath lui attribuait à son tour. Convergence… une énigme de plus.

Dès sa sortie du Jardin des espèces pénibles, elle entendit les clameurs étouffées d'un charivari à l'intérieur de l'Institut. Des chocs sourds, des hurlements subitement suspendus par un silence effrayant avant de reprendre de plus belle. L'infirmière se mit à courir à toute allure, le cœur battant à tout rompre.

À l'entrée du séjour, le tintamarre redoublait de cris et de coups, les murs résonnaient sous les impacts assénés avec la force d'un bélier médiéval, mais il n'y avait personne. Venu de l'office, un chemin de tables renversées et de chaises fracassées traversait la salle, des combattants avaient lutté d'abord vers la terrasse avant de rebrousser pour passer sous l'escalier principal. Ophidia reprit sa course en cette direction. Sur les marches, un manuscrit démantibulé à ses pieds, Pedro tremblait comme une feuille.

« Par là, ils sont par là ! » gémit le bibliothécaire en désignant le vestiaire du doigt.

« Qui ?

– Bill est devenu fou, il va tuer Endrike. Ezekel… »

L'infirmière n'entendit pas la fin, elle se précipitait déjà vers la salle d'eau.

Les portes battantes avaient été arrachées, réduites en morceaux et jetées sur le carrelage, au milieu de plâtras effrités de l'encadrure. À l'intérieur, le balayeur vociféra.

« Pauvre Bill t'écrabouillera ! »

Un choc violent pulvérisa un lavabo, les éclats de faïence volèrent jusqu'aux bottillons d'Ophidia tandis qu'elle entrait. Endrike émit une espèce de jappement terrifié.

« Bill, ça suffit ! »

C'était Ezekel et sa voix glaciale. Le bruit d'un horion amorti par la chair succéda immédiatement à son ordre, le projetant contre le mur courbé en deux. Les reins heurtés de plein fouet, il s'effondra sur le sol, la respiration coupée par la violence du coup dans l'estomac.

Ophidia voulut lui porter assistance, il la repoussa pour se relever souplement et se débarrassa de ses élégants mocassins. En appui sur la pointe des orteils, sa main frôla son flanc et sortit un couteau de sous le chemisier à jabot élu pour la journée, puis il se tendit vers l'avant, la lame comme une prolongation de son bras gauche. Figé dans cette posture, il examina la scène d'un œil froid. L'image d'un dangereux cobra s'imposa dans l'esprit de la gardienne, elle n'eut pas le loisir de s'y attarder quand elle découvrit le spectacle du vestiaire.

Acculé dans un recoin, Endrike tentait en geignant faiblement de s'aplatir davantage contre le mur. Couvert d'éraflures sous ses vêtements en lambeaux, un hématome sanguinolent lui déformait la moitié du visage. Autour de lui, les parois défoncées des toilettes et les débris de faïencerie témoignaient de la brutalité du combat.

Bill le surplombait de sa masse gigantesque. Les muscles saillants sous sa défroque de balayeur, il brandissait au plafond ses bras terminés par des poings aussi énormes que des masses de démolition.

« Pourquoi, Bill ? gémit Endrike.

– Monstre ! » rugit le colosse enragé.

Ophidia s'élança sans avoir aucune idée de ce qu'elle ferait au contact, mais Ezekel la bouscula en passant à l'action, elle bascula et se retrouva assise à moins d'un mètre des lutteurs. Bill abattait ses massues qui écraseraient Endrike quand son frère aîné escalada le géant en prenant appui sur ses cuisses puis son dos. Lui enserrant le torse des jambes, il agrippa d'une main le menton de l'exécuteur et le força par surprise à le lever vers le haut. De l'autre main, il lui fendit la gorge avec sa lame, aussi rapide et perfide qu'un serpent.

Le sang jaillit comme un geyser, Bill tournoyait, les éclaboussant d'une pluie écarlate. Sa taille diminua à grande vitesse pendant qu'il plaquait ses paumes contre la plaie béante, c'est le pauvre balayeur qui s'étala sur le carrelage.

Ophidia rampa jusqu'à lui, appliqua ses mains au-dessus de celle du mourant, plutôt par réconfort tandis que la vie fuyait que dans l'espoir de le sauver. Le regard de pauvre Bill l'interrogea, ce qu'il lut lui suffit pour comprendre, il épuisa ses dernières forces en gargouillant des mots hachés.

« Monsieur le Nouveau… c'est lui… l'assassin, c'est lui… il tue l'équipe….

– Tais-toi, Bill ! »

Ezekel, qui avait bondi des épaules du colosse aussitôt qu'il l'eut égorgé, tenait son frère dans ses bras comme un enfant. Endrike ballottait, inerte, mais il était conscient, la voix de son aîné le fit tressaillir.

« Non. Il se venge… Endrike, » acheva Bill, et il mourut.

Alors qu'elle retirait ses paumes avec une douceur inutile et les essuyait machinalement sur son pantalon, Ophidia vit l'horreur grandir dans les yeux gonflés de l'accusé. Il tenta d'échapper à l'étreinte d'Ezekel, mais celui-ci fit volte-face en l'entravant plus étroitement et l'emporta hors de la pièce.

L'infirmière se balançait à genoux près du cadavre quand Pedro entra avec hésitation. Prêt à s'enfuir, il respirait bruyamment, une inspiration plus profonde lui insuffla le courage de continuer. À pas précautionneux pour éviter les flaques de sang et les vestiges acérés des lavabos, il s'approcha de la vivante et l'aida à se relever, en détournant le regard du pitoyable mort. Lorsqu'il fut à peu près assuré qu'elle tiendrait debout seule, il la lâcha.

Au bout d'un moment, pendant lequel le bibliothécaire lui parla sans discontinuer du manuscrit qu'il avait laissé choir dans l'escalier en lui tapotant la main, Ophidia finit par sortir de son apathie. Le bavardage incohérent de Pedro l'avait rappelée à ses fonctions, ses pensionnaires demeuraient ses patients. Elle avait fait le serment de guérir les souffrances, une éternité plus tôt, à Bonnefin, même si à l'époque, elle envisageait sa vie au service de malades dénués de tout talent magique. Et en principe, innocents de crimes atroces.

« Pedro, l'interrompit-elle, voudriez-vous bien vous occuper du corps de Bill ? Et du nettoyage, aussi… peut-être avec l'assistance des résidents ou celle du petit-personnel.

– Bien entendu, Ophidia ! »

Avec un mouvement sec du torse, il n'avait pas hésité à lui octroyer son concours sans réserve, soulagé de la voir revenir à son rôle dans l'Institut.

Ophidia l'abandonna dans le vestiaire et se mit à errer dans les couloirs, montant et descendant les escaliers, ne sachant pas exactement ce qu'elle cherchait, seule sous les lampyrides. Elle se demanda qui les nourrirait désormais. Le grand salon était désert, le petit salon obstinément clos et muet. Sans aucune frayeur, elle tambourina à la porte d'Ezekel, il ne répondit pas. Au deuxième étage, la chambre d'Endrike était entrouverte, elle poussa le battant, s'apprêtant à trouver les deux frères, mais elle était vide. Pénétrant dans la pièce, elle écarta les rideaux, la lumière ensoleillée ruissela sur les murs, tous peints d'un mot : « *Repentir* ».

Le fait ne provoqua chez elle aucune surprise, comme une conclusion indiscutable, quoiqu'absurde. Au lieu de s'y attarder, elle fouilla le logement austère. Dans le miroir incrusté de l'unique armoire, elle croisa son reflet couvert de sang avec indifférence. Elle ouvrit le battant, il était empli de vêtements. S'ils n'avaient pas encombré le meuble, on aurait pu croire la chambre inhabitée, car elle ne recelait aucun objet personnel, à part des pots de peinture rouge et un pinceau.

Le gong retentit comme à l'ordinaire, elle descendit au rez-de-chaussée. La salle de séjour avait repris son ordonnance, les débris avaient été évacués. Autour de la table mise comme à l'ordinaire, les places vacantes se comptaient plus nombreuses que les sièges occupés, pourtant le maigre troupeau de pensionnaires mangeait avec bon appétit. Ophidia les contempla le regard éteint, puis tout à coup il se raviva sous l'émotion.

« Où est Niklaus ? »

Elle avait crié et tous sursautèrent. Personne ne l'avait vu depuis la veille. C'est ainsi que la Gardienne ajouta l'Oracle aux disparus.

XVII

Une conversation houleuse animait l'infirmerie. Plus exactement, au monologue furieux d'Ophidia répondait le tintement d'un pneu du Gérant butant à son arrivée sur l'opercule en métal. Un silence s'ensuivait tandis que la première lisait le billet, puis le soliloque plus furibond que jamais reprenait.

L'infirmière s'était longuement douchée et avait mis à tremper, pour la deuxième fois, son uniforme imbibé de sang. Rhabillée, elle tourna en rond dans sa chambre avant de la quitter au pas de charge pour dévaler l'escalier vers son bureau. Devant la vigne, elle avait apostrophé son supérieur invisible sans aucun respect pour la hiérarchie.

« Gérant, vous me devez des explications. Votre attitude est inqualifiable, je suis sûre à présent que vous en savez beaucoup plus et vos cachotteries ont provoqué des morts. »

Ophidia n'en était pas si convaincue qu'elle l'affirmait, mais ses réflexions avaient réduit ses doutes jusqu'à ce qu'ils deviennent négligeables.

Le Gérant avait prouvé maintes fois qu'il communiquait par magie avec les pensionnaires, leur donnait des ordres, et peut-être bien, les surveillait ou les espionnait. D'une autre manière qu'avec elle, cela aussi se vérifiait, aucune vigne ne poussait ailleurs que dans son appartement et dans son bureau. Pour une raison qu'elle ignorait, il était incapable de la contacter comme il le faisait avec les magiciens. Il possédait également un moyen pour converser avec l'extérieur, l'épisode ahurissant dans le vestibule l'attestait, et il exerçait une influence certaine au Ministère des Précautions. L'antagonisme de Müller et Liarsson impliquait même que son autorité provoquait des tensions.

« Et j'attends de vous des réponses claires », intima l'infirmière pour faire bonne mesure.

Je ne comprends pas du tout où vous voulez en venir, Gardienne. Vos accusations me chagrinent. Le Gérant

« Ne jouez pas l'innocent blessé, c'est indigne d'un Gérant, fût-il un monstre de duplicité. Vous m'avez bernée, manipulée, emprisonnée, et j'aurais pu vous le pardonner, mais trois hommes sont morts et un quatrième a disparu. D'ailleurs, vous devez savoir ce qu'il est advenu à Niklaus. Où est-il ?

Je vous jure sur ce que j'ai de plus sacré que j'ignore où se trouve l'Oracle !

– Dites-moi alors quoi ou qui est sacré pour vous ! »

Le Gérant ne répondit pas immédiatement. Il lui fallait démontrer sa bonne foi après ses nombreux mensonges et ses omissions, le calcul méritait réflexion. Ophidia exultait en attendant l'aveu ou le bobard qu'elle reconnaîtrait.

Le tube tomba enfin.

Imago.

De dépit, Ophidia tapa du pied.

« Imago ? Quelle est encore cette invention ! Qu'est-ce que c'est, Imago ?

Ce que je considère comme le plus sacré. Je donnerais mon existence pour Imago. Vous n'en saurez pas plus, c'est à prendre ou à laisser… enfin, puisque l'honnêteté semble indispensable, vous prendrez. Le Gérant

– Admettons, finit par dire Ophidia. Et comme nous empruntons la voie de la sincérité : Endrike est-il responsable des meurtres ?

Il n'est pas responsable

– Alors qui est-ce, bon sang ! Son frère a égorgé Bill, c'est lui qui a tué Ivan et Arthurius, et peut-être d'autres victimes dont je n'ai pas connaissance ? »

Non.

L'infirmière renâcla plus qu'elle ne soupira d'exaspération, son ressentiment devant les faux-fuyants du Gérant atteignait son comble. Le claquement d'un message avorta l'explosion en cours.

Gardienne, vous avez été recrutée pour deux raisons, pour votre rare manque total d'imagination et pour une qualité précieuse, votre désir irrépressible de sauvegarder la vie. Quand j'ai accepté du ministère votre candidature, ni eux ni moi ne connaissions votre intelligence, elle s'est révélée un atout crucial depuis votre prise de fonction à l'Institut. Malgré vos échecs à sauver trois pensionnaires, personne à part vous ne peut mener la mission de Gardienne et rien n'est perdu. Pensez-y, d'autres vies sont en jeu. Je ne veux pas et je ne peux pas vous donner plus d'information, raison d'État. Le Gérant

L'explosion à retardement détonna.

« Gérant, vous récidivez ! Gardez vos discours pour les politiciens du ministère, j'exerce un métier respectable, moi. Je n'ai besoin ni de vos compliments à double sens ni de la culpabilité que vous voulez me faire endosser. Je n'ai pas échoué dans ma mission professionnelle : Arthurius, Ivan et Bill ont été assassinés par une personne, le meurtrier est responsable de leur mort ! Mais vous reconnaissez implicitement que le décès d'Ivan n'était pas un accident. J'en prends bonne note ! » Et sans attendre une nouvelle manifestation de la dialectique de son supérieur, Ophidia sortit de son bureau en claquant la porte.

Elle s'éloigna pour ne plus entendre le gargouillis de la vigne et, adossée à la porte du *Placard de gauche*, elle versa quelques larmes. Du dos de la main, elle les essuya avec colère, contre le Gérant, contre la mort, et contre elle-même qui cédait au découragement.

Soudain, elle courut vers son bureau, fit irruption dans la pièce, empocha sa lampe à manivelle et ressortit en claquant la porte plus fort encore. Un Cling ! signala la chute d'un tube qui s'ajouta à ceux déjà envoyés par le Gérant, en pure perte, après son premier départ. Ophidia au bout du couloir ne l'entendit pas tomber, elle filait vers l'office.

Sur le seuil du cagibi, elle remonta le mécanisme de sa torche puis éclaira le sombre réduit, s'apprêtant presque à buter contre le pauvre Bill et son entêtement à barrer le passage, son balai à la main. Son fantôme n'apparut pas ni même l'ombre d'une sourirare que l'infirmière redoutait beaucoup plus, la cicatrice de la morsure la démangeait encore. Elle n'atermoya pas plus longtemps et traversa la pièce. L'obstination du balayeur à défendre l'accès au sous-sol dissimulait forcément un secret d'importance qui valait le risque d'une meurtrissure. Avant d'expirer, il avait parlé d'une équipe dont Endrike se vengeait, et Ivan écrivait dans son journal qu'une expérience interdite avait eu lieu. La solution de ces énigmes se trouvait peut-être au-dessous de l'Institut.

La volée qui s'enfonçait dans les profondeurs de la cave était sinistre, les marches grossièrement taillées dans la pierre luisaient d'humidité, et comme sur le gong, des griffes les avaient marquées d'entailles nombreuses. Ophidia s'engagea avec précaution sur les dalles glissantes, elle posa sa main sur le mur pour assurer son équilibre puis la retira précipitamment, empoissée d'un liquide visqueux. Le rayon lumineux de sa lampe lui montra la source de cette bave collante, un rire bref secoua ses épaules quand il lui dévoila une colonie populeuse d'escargots. Se moquant de ses craintes excessives, elle descendit les dernières marches sans plus faire de bruit.

L'escalier s'achevait à gauche de l'entrée d'une réserve vide qu'aucune porte ne fermait, elle y jeta un coup d'œil puis s'aventura dans la deuxième, située à l'opposé ; celle-ci contenait des pots de confiture rangés sur une étagère. Un glouglou de fontaine murmurait à l'extrémité du couloir, en face des marches. Elle avança dans la direction du clapotis lorsqu'un grincement dans la réserve inutilisée l'alerta : un éraillement de gond mal huilé, anormal dans une pièce sans porte. Sa lampe éteinte en hâte, elle se plaqua contre le mur en retenant sa respiration.

Le frottement de griffes sur la pierre précéda l'apparition d'une forme trapue plus sombre que l'obscurité de la cave. Bien qu'elle ne la voie pas, la gardienne savait qu'il s'agissait d'une sourirare. La créature s'immobilisa et commença à renifler.

« Bill ami ? »

Ophidia se mordit les lèvres pour ne pas crier en entendant la voix aigrelette.

« Non, pas Bill ami. Qui ? »

La sourirare se déplaça en humant l'air, puis se figea de nouveau. « Gardienne ? Oui, odeur gardienne. Où Bill ami ? Moi gentille, toi où Bill ami… Prière. »

Le désarroi transparaissait dans la supplication. Le langage rudimentaire en exprimant l'essentiel émouvait Ophidia, il vainquit sa méfiance pour l'assaillante à la dent acérée, elle ralluma sa torche. La lumière aveugla la sourirare, ses yeux papillotèrent, elle les cacha d'une patte griffue, curieusement semblable, avec son pouce opposable, à une main ridée de vieillard. L'infirmière baissa le rayon à hauteur de la poitrine couverte de fourrure grise.

« Bill est parti, il ne reviendra plus. Je suis désolée pour toi et ton ami. »

Un sanglot secoua le corps replet, silencieux et sans larme. Si l'étrange animal maîtrisait partiellement la parole, il comprenait fort bien ce qu'elle signifiait.

« Je m'appelle Ophidia. Quel est ton nom ?

– Nom ? Pas nom, numéro deux, numéro un mort, raté.

– Mais Bill t'appelait comment, alors ?

– Deux… »

La sourirare pencha la tête de côté, pensive, sa chevelure d'un gris plus doux que son pelage accompagna le mouvement. Elle y passa les doigts écartés comme un peigne puis ajouta avec une intonation plaintive :

« … et Vieille Carne, moi colère. Pas vieille, pas carne, non. Bon corps, bonne tête, bons cheveux, réussie.

– Je suis persuadée de ta réussite, s'exclama avec chaleur Ophidia, tu es bonne, Deux.

– Oui, Bonne Deux, bon nom. »

Le rictus déplaisant fendit la figure moustachue, l'infirmière réprima sa peur à la vue des incisives tranchantes : Bonne Deux, puisqu'elle appréciait qu'on l'appelle ainsi, souriait de satisfaction.

D'après les informations fragmentaires que la sourirare venait de lui fournir, Ophidia déduisait qu'elle et ses congénères résultaient d'une expérimentation, scientifique ou magique, le détail avait peu d'importance. Elle écarta l'hypothèse que cette manipulation se réfère à l'expérience interdite mentionnée par Ivan dans son journal, le petit-personnel était connu de tous. Il lui semblait bien plus plausible que celui-ci ait servi d'assistants contrôlés par…

Par qui ? Bill n'était qu'un homme de main, c'était évident. Le Gérant ? Possible, après tout, il gouvernait l'Institut… Et si ce n'était pas lui, il devait être au courant, omniscient depuis sa position invisible. En pensant à leur dernière conversation, l'infirmière crispa la mâchoire de ressentiment.

La sourirare interrompit ses réflexions en nasillant une question qui raviva ses espoirs mal-en-point.

« Bonne Deux quoi Oracle ?

– Niklaus est en vie !

– Oui. Pas bon… sommeil.

– Conduis-moi, je le soignerai, je suis la Gardienne, Ophidia amie. Et je te promets, Bonne Deux, je prendrai soin de toi aussi.

– Ophidia amie, oui. Promesse. Ici. »

Désignant une aspérité pas plus large que le bout d'un index au bas du mur, la sourirare pressa d'un ongle griffu le bouton dissimulé en profondeur sous le repli. Une lourde porte, badigeonnée de chaux grossière en trompe-l'œil, s'enfonça de quelques centimètres puis coulissa dans le grincement de gond sous la poussée.

Des lampyrides éclairaient un vaste laboratoire, ses parois encombrées d'étagères, de bibliothèques et de meubles recouverts de paillasses. Un couloir circulaire dégageait largement au centre une longue table plaquée de verre épais, lequel était creusé sur tout son pourtour d'une rigole pourvue de trous d'évacuation. Dessous, un entonnoir s'amenuisait pour enfoncer l'orifice étroit dans le sol.

Ophidia frémit en reconnaissant un bloc qu'elle croyait relégué aux musées, mais la sourirare ne sourcilla pas en le dépassant, elle lui montra un paravent dans un coin de la pièce. Dans un lit de repos comme on en trouve dans tous les internats de médecine, Niklaus gisait une main ballante sur le carrelage poussiéreux. Les paupières closes, il respirait en haletant et n'eut aucune réaction quand l'infirmière écarta la cloison. Elle repéra sans difficulté l'énorme bosse sur l'arrière du crâne responsable de son inconscience.

En lui prodiguant les premiers soins, elle constata qu'il allait le mieux possible, l'hématome se réduisait déjà spontanément. Elle pensa que la perte de connaissance le mettrait à l'abri de l'intrusion du Gérant qui avait juré sur son Imago ne rien savoir du sort de l'Oracle. Sans accès télépathique à l'homme évanoui, il n'apprendrait pas non plus par son intermédiaire l'enquête qu'elle-même menait. En somme, Niklaus et elle se porteraient mieux de son ignorance. Après avoir installé de côté et bordé serré dans la couverture le corps inanimé, elle fureta dans le laboratoire sous le regard impassible de Bonne Deux.

La pièce regorgeait de tant de livres, de matériel chirurgical familier, d'instruments inconnus, de squelettes divers d'origine incertaine, de bocaux, d'éprouvettes et de cornues, qu'il était impossible de les examiner tous. Son attention fut attirée par une machine casée près du bureau principal, probablement celui de l'ancien occupant. L'engin ressemblait beaucoup aux juke-box installés par les animateurs dans les grands bals à Bonnefin, avec des haut-parleurs latéraux, mais celui-ci était surplombé d'un globe aussi gros qu'un ballon de cirque.

Ophidia pressa le bouton du milieu un peu au hasard.

Une silhouette granuleuse, assise derrière un bureau, apparut au centre de la sphère tandis qu'une voix sèche et précise s'élevait de l'intérieur de la machine.

« X. Mentor, Rapport 132... »

La sourirare émit un cri inarticulé et, tombant à quatre pattes, se mit à courir comme un cobaye affolé aux quatre coins du laboratoire. Enfin, elle s'enfuit par l'issue que la panique l'avait empêchée de retrouver immédiatement. Ophidia stupéfaite reprit son sang-froid après la sortie de la créature, bien plus curieuse qu'effrayée. Malgré le trouble de l'étrange écran, aucun doute n'était possible sur l'apparence de la personne qui dictait le rapport, c'était une femme en blouse de travail.

« … déplacé le tronçon de la queue du sphinx. Comme je l'avais subodoré, son essence chimérique est indispensable pour le succès de mes travaux. Les derniers sujets rasourires donnent satisfaction, mais ils ont atteint la limite de leurs aptitudes cognitives, leur comportement primitif influe sur leur développement et provoque des failles inacceptables. L'extrait de chimère naturelle dépassera en réussite toutes les tentatives du Gérant depuis plus d'un siècle. Depuis l'enfance, il essaie de me manipuler… et maintenant, persuadé d'avoir créé la perfection, il se moque de moi. Plus pour longtemps ! »

La magicienne tapa du poing sur son bureau en fixant l'écran d'un regard si féroce qu'Ophidia recula devant sa menace. Sa rage calmée, la femme reprit son rapport.

« Ivan m'aide grandement, il a compris qui dirigeait, et Bill me craint. Mais les manigances d'Ezekel pour jeter dans mes bras son jeune frère ne m'amusent plus. Bien sûr, le garçon est joli, et ses talents seront utiles à l'expérience, il a une perception de la création très pure, un naïf. Par contre, son épouse pèse comme un fardeau, elle était déjà pétrie de morale à l'époque de l'école. Je ne tolérerai pas plus longtemps les stratagèmes tortueux d'Ezekel pour qu'elle cède à son amour ridicule, Endrike enfin évincé grâce à mes bons soins. Cette fille est dangereuse et… Qui est là ! »

Le bruit caractéristique de la porte dérobée quand elle s'ouvrait résonna dans les haut-parleurs, une autre voix féminine retentit sourdement.

« Mentor, garce sans âme, tu es un monstre !

– Quand on parle de la louve ! Tu ne finiras donc jamais de te mettre en travers de mon chemin, Hayat. »

Une main en plan rapproché interrompit la transmission.

La respiration coupée par la violence qu'elle avait ressentie dans l'échange final, Ophidia attrapa le siège du bureau et s'y assit avec lenteur, les doigts crispés sur les accoudoirs. Il s'était passé une chose terrible à l'Institut.

L'événement avait bouleversé beaucoup plus que la vie des protagonistes. Comment? Elle était incapable de l'imaginer ; Endrike, le Gérant, le Ministère des Précautions, tous avaient raison, elle manquait totalement d'imagination. Mais pas d'intelligence, il suffisait qu'elle se pose les bonnes questions pour que les réponses lui permettent de résoudre les énigmes. Comme le lui avait intimé le sphinx, comme le lui avait rappelé Kalèkagath.

Les yeux dans le vague, Ophidia récapitula les interrogations qui l'avaient effleurée sans qu'elle y donne suite. L'inscription « repentir » indiquait une vengeance passionnelle, et Bill avait dit avant sa mort qu'Endrike se vengeait, le naïf trompé. Malgré sa douleur de lui attribuer les crimes abominables, elle ne pouvait pas rejeter son éventuelle culpabilité, il souffrait plus que tous les autres pensionnaires et sa folie pouvait être meurtrière. Elle repensa au vestige du visage d'Ivan, sa bouche béante d'effroi, à son regard, pendant qu'il se ruait vers elle les bras tendus, fixé sur un point au-dessus de sa tête.

Au-dessus.

La fenêtre ! Il regardait la fenêtre toujours obscurcie par les rideaux. Celle devant laquelle veillait Arthurius jusqu'à ce qu'il décide de partir droit devant lui, dans le Jardin des espèces pénibles. Et le dernier conseil de l'Oracle, «*La pénombre vous aveugle, vous devriez ouvrir la fenêtre.* »

Ophidia sortit en trombe du laboratoire et remonta vers l'office avec le diable à ses trousses. Sans même penser à la galaxie des lampyrides, elle grimpa l'escalier monumental quatre à quatre.

Près de la balustrade, Pedro chargé d'une pile de livres la regarda passer l'œil rond. Elle l'ignora et s'engouffra dans la jungle des chats pour courir jusqu'à la fenêtre, tellement pressée de mettre son plan à exécution qu'elle escalada la table pour atteindre plus vite les rideaux.

Enfin, la fenêtre allait dévoiler le secret que le Gérant s'évertuer à protéger des yeux de tous. Un cri d'avertissement s'éleva derrière elle.

« Non ! Le Gérant vous interdit d'ouvrir ! », hurla le bibliothécaire.

Ophidia empoigna les pans de velours et les écarta, la lumière blonde du soleil d'été jaillit pour éclabousser le grand salon. Éblouie, les larmes lui brouillèrent un instant les yeux puis elles séchèrent.

Au-dessus des arbres, de l'autre côté du Jardin des espèces pénibles, elle voyait le mirage qui s'était reflété dans le verre, elle voyait une villa resplendir au soleil, érigée au-delà des frondaisons.

XVIII

Ophidia courait droit devant elle, les buissons la griffaient, un pleureur lui avait entaillé le visage d'une averse de larmes, elle courait à perdre haleine, comme si sa vie en dépendait, elle courait vers le mirage, vers la villa.

Quelques minutes auparavant, à peine, elle avait échappé à l'étreinte de Pedro. Il l'avait saisie par les poignets pour l'entraîner près de la balustrade, il voulait la retenir, la conduire à sa chambre ou à l'infirmerie, lui criait en soufflant des postillons d'obéir au Gérant.

« Le voile se déchire ! Le voile se déchire ! » hurlait-il.

En bas des marches, elle avait vu la silhouette habillée d'une robe noire, Ezekel, il montait en serpentant le long du colimaçon. La frayeur la submergea, elle s'amollissait dans les bras du bibliothécaire quand la porte du petit salon s'ouvrit brutalement, poussée par une ombre énorme en suspension au-dessus du sol. La masse de La Montagne se propulsa dans le vide de la cage d'escalier, sa tête frôlait la galaxie des lampyrides.

« Cours, Ophidia, oh oui cours à la villa ! »

L'ordre de Montague la galvanisa, elle repoussa Pedro avec violence, le bibliothécaire s'étala sur le parquet. Son allié imprévu s'abattit de tout son poids sur le serpent noir en hurlant de douleur pendant sa chute, mais sa voix calme résonna aussitôt pour l'encourager.

« Ne te retourne pas, cours, ah oui je retiens Ezekel, mais il n'est pas seul, cours ! »

La confusion empêchait Ophidia de raisonner, elle devait fuir vers l'endroit que ses ennemis lui interdisaient d'atteindre. Elle s'engouffra entre les statues vers l'escalier de service et, comme un jeune animal détale devant le danger, elle fila vers le Jardin des espèces pénibles.

Sous les arbres, elle avait entendu dans son dos le craquement de branches foulées, plus loin, quelqu'un à sa gauche l'avait hélée, chaque fois sa vitesse avait redoublé ; il lui semblait posséder des ailes. Quand elle longea la clairière du Manguier, les cosses chantèrent, mais le ronflement sonore du sphinx la dissuada de ralentir, elle continua sa course échevelée après avoir abandonné son calot à un fourré épineux.

Soudain, à l'entrée d'une trouée entre des ronciers, Ophidia s'arrêta. À l'extrémité du couloir de verdure, encadrée par l'arche arrondie, la villa blanche miroitait comme emprisonnée dans une psyché embuée.

L'infirmière haletait, le corps secoué de tremblements, la beauté de la vaste maison aux murs irradiés par le soleil rasant l'ensorcelait. Bas et en pente douce, un toit verni de tuiles noires surplombait le seul étage et s'appuyait sur les colonnades en bois sculpté de la loggia, laquelle cernait la façade et se prolongeait sur les côtés. Le parc abandonné aux herbes folles s'achevait aux marches de la terrasse surélevée, close par de délicates balustrades en ferronnerie. Les lieux étaient déserts.

Les battements désordonnés de son cœur s'étaient apaisés pendant qu'elle buvait des yeux l'apparition, Ophidia sortit de la futaie pour l'approcher.

Le portillon grinça quand elle le tira. Une mosaïque recouvrait la terrasse, teintée des mêmes pastels qui coloraient celle de la bâtisse grise, sur l'autre versant du Jardin des espèces pénibles. Ses talons résonnèrent sur les carreaux lorsqu'elle la traversa. Derrière les fenêtres, une pièce de grande dimension accueillait des tables rondes, des chaises et des sofas, les tapis multicolores s'étalaient à profusion sur le parquet.

La poignée de la porte céda sous la pression, l'infirmière entra. Une femme coiffée d'un chignon sévère, le nez chaussé de lunettes en écaille, se releva lentement du fauteuil qui l'avait dissimulée à la vue de la visiteuse. Posément, elle abandonna le livre qu'elle lisait sur l'accoudoir et se retourna, c'était la femme du juke-box.

Grande et athlétique, elle était moulée dans un fourreau de soie noire qui dévoilait sa peau blanche comme de l'albâtre. Le bustier libérait ses épaules en un profond décolleté qui prenait naissance au creux de ses seins et la jupe, fendue d'un côté jusqu'à la taille, balayait le sol. D'un pas balancé sur les aiguilles les plus vertigineuses qu'ait jamais admirées Ophidia, la magicienne s'avança à sa rencontre. Le visage impassible, avec le sourire poli de l'hôtesse sacrifiant de bonne volonté aux convenances, elle toisa de haut en bas la petite infirmière, laquelle la détesta immédiatement.

Cependant, il en fallait plus pour impressionner une fille élevée sur les rivages de Bonnefin, aguerrie par des années d'études médicales professées par d'insupportables mandarins. Nullement décontenancée par l'attitude suffisante de celle qui l'évaluait de haut, Ophidia prit son ton le plus pointu pour demander :

« X. Mentor, je présume. »

Une brève lueur d'étonnement brilla dans le regard de son interlocutrice, tandis qu'elle redressait de l'index la monture en écaille glissée au bout de son nez minuscule. Une moue de mépris tordit ses lèvres pleines peintes en carmin.

« Ainsi, notre cher ami Le Gérant vous a mise au courant. Ravie de rencontrer enfin l'ange gardien de l'asile gris des imbéciles. Je vous croyais plus grande, Ophidia Mambala.

– Le Gérant ne m'a rien dit, je m'informe sans son aide. Et pourquoi l'aurait-il fait ? Bien trop occupé avec le voile qui se déchire. »

L'infirmière n'avait pas une idée précise de ce qu'était le voile et de son usage, mais l'avertissement de Pedro lui était revenu en tête. Son coup de bluff fonctionna doublement.

« Oh, la vaillante petite Gardienne aurait-elle échappé aux fils invisibles du marionnettiste ? Cette vieille chose imperceptible décline pour de bon. »

Un rire de gorge secoua la poitrine admirable, mais les cils épaissis de mascara papillotèrent et les yeux arrogants fouillèrent ceux de l'infirmière pour lire ses intentions. La magicienne eut à nouveau l'air décontenancée comme si elle avait ouvert un livre vierge d'encre.

Ophidia réprima son soupir de soulagement pour conserver son flegme de joueuse de poker. Elle avait escompté sur l'hypothèse hasardeuse mais cruciale de sa résistance naturelle à la télépathie. La magie ne pouvait pas directement faire effet sur elle : son esprit cohabitait seulement avec ses manifestations, il lui permettait de voir un homme obèse en suspension au-dessus du sol ou d'écouter la balade enchantée qui inventait une rose en hiver.

Une ombre plissa le front blanc de X. Mentor pendant qu'elle réfléchissait, elle se dissipa aussitôt et la voix calculatrice persifla.

«Ce pauvre Gérant a recruté un phénomène pour sauver la situation. En quoi la coquille vide d'une infirmière des terres immergées pouvait lui être utile… oh mais oui, bien sûr! intouchable, même par ses enfants chéris. Quel expédient pitoyable !

– J'ai signé un contrat avec le Ministère des Précautions, madame Mentor, l'Institut dépend de sa juridiction, comme le Gérant et vous-même. Vous devrez lui rendre des comptes quand je lui rendrai mon rapport.

– Diable ! J'en frémis de frayeur.

– Vous devriez, votre expérience est un crime, des morts pèsent sur votre conscience. J'en possède les preuves, vous n'échapperez pas à la justice.

– Petite vermine ! Donne-les-moi immédiatement. »

La façade de glace se fissurait, l'ambitieuse manipulatrice des corps et des esprits se heurtait à un obstacle récalcitrant. Sur ses gardes, Ophidia se campa solidement sur ses jambes et répliqua avec la ferme intonation qu'elle adoptait pour calmer les malades agités.

« Non.

– Tu vas devoir disparaître, alors. Tu ne me donnes pas le choix, Gardienne, aussi obstinée qu'Hayat. »

Ayant énoncé froidement la sentence, Mentor se pencha pour saisir à deux mains le cou de l'infirmière et la souleva sans effort. Ophidia tenta d'atteindre le visage dépourvu d'émotion, mais portée à bout de bras par son adversaire, la différence de taille ne lui laissait aucune chance.

Au même instant, le fracas d'une porte qu'on enfonce précéda le choc violent qui bouscula les deux femmes. La magicienne trébucha et pour garder l'équilibre, lâcha sa victime. La gardienne roula sur le parquet afin de s'éloigner le plus loin possible et s'agenouilla en se frottant le cou, se préparant à affronter un nouvel opposant. Elle s'attendait à voir Ezekel, c'est Endrike qui inclinait vers elle sa figure tuméfiée.

« Hayat », murmura-t-il en lui caressant la joue du bout des doigts, les yeux clairs éperdus d'amour sous ses paupières boursouflées. « Hayat, je t'aime tant, pardonne-moi.

– Imbécile ! Hayat est morte, cette infirmière n'est là que pour détruire notre œuvre. »

Une tempête de haine secoua les minces épaules du poète et assombrit son regard innocent, il grondait sourdement un seul mot : « *Repentir.* » Ophidia leva les paumes pour se défendre du déferlement meurtrier, mais l'assassin se détourna vers son ancienne complice. Celle-ci l'observait avec l'intérêt d'une anatomiste en train de disséquer un sujet d'expérimentation. Elle jouait avec un scalpel qu'elle passait d'une main à l'autre en exécutant des figures compliquées, adossée nonchalamment à une table.

Contredisant sa posture, Mentor sauta souplement de côté quand Endrike se rua sur elle en rugissant, son arme voltigea et lui infligea sur le flanc une longue balafre. Sans même prendre conscience du sang qui pissa à grandes giclées quand la chair s'écarta, le poète se mit à chantonner son leitmotiv, « *Repentir* », en s'élançant sur la femme qu'il haïssait. Surprise par sa réaction rapide malgré la gravité de sa blessure, elle l'évita encore, mais sa lame ne réussit pas à le toucher.

Le fou furieux profita de son léger avantage pour bondir et l'enserrer dans ses bras, la bouche déformée par l'incantation qu'il répétait. De ses lèvres naissaient des roses en bouton, leur tige chargée d'épines, l'une lacéra la joue de la magicienne, elle cria plus de stupéfaction que de douleur. Se libérant le coude d'une contorsion, son bistouri laboura les omoplates du chanteur de fleurs. Enlacé l'un à l'autre pour une danse ensanglantée, le couple semblait s'embrasser dans une parodie de noce amoureuse.

Ophidia intervint à ce moment, elle s'était armée d'une chaise et l'asséna sur les épaules de madame Mentor. Elle ne put s'empêcher d'atténuer son geste à la dernière seconde, incapable de se résigner à porter un coup qui puisse être fatal. Il fut pourtant efficace en envoyant valdinguer la joueuse de lame dans un sofa en peluche rose, trop mou pour qu'elle s'en extirpe aussitôt. Endrike s'effondra en râlant sur le tapis. Le corps entre elles, les deux femmes se firent face.

« Les fleurs, les scalpels, pourquoi transformez-vous les choses bénéfiques en armes mortelles ? » hurla Ophidia submergée par la colère.

« Parce que nous sommes des créateurs qui avons oublié que la création est toujours parfaite, chacun l'a désirée meilleure à son avantage et nous la détruisons pour parvenir à nos fins. »

Ezekel avait répondu depuis le seuil, il pénétra d'un pas dans la pièce, complétant un triangle que son frère occupait au centre.

« Tu as perdu, Xavièra. Nous avons tous perdu quand tu as tué Hayat. Abandonne.

– Jamais, tu m'entends, jamais ! Mon œuvre compte plus que la mort, tu n'es qu'un pleutre, finalement. Ma puissance surpasse toutes les vôtres, même celle du Gérant. Je continuerai sans vous.

– Tu es la plus forte, mais tu as perdu. »

Après ce jugement sans appel, Ezekel retrouva inopinément sa voix de guide attentif à accueillir son invitée et s'adressa d'un ton pincé à Ophidia.

« Je vous suggère de mettre très rapidement à exécution l'une de vos idées impensables pour le commun des magiciens. La situation est de votre ressort, Gardienne. Veuillez sortir, j'ai un combat à mener.

– Pas si vite, elle reste ici ! » cria Xavièra Mentor en s'élançant vers l'infirmière.

Mais Ezekel avait déjà bondi au-dessus du corps d'Endrike, secoué de soubresauts, et se dressait près d'elle. Plus rapide qu'un serpent dont il avait la détente brutale, son couteau comme une langue bifide dans sa paume, il frappait puis s'esquivait pour attaquer d'un autre côté.

Encore ahurie par la brève transformation de son hôte qui l'avait ramenée au souvenir de son premier jour à l'Institut, Ophidia remarqua que son bras droit pendait, inutile, et l'affaiblissait. La Montagne en tombant l'avait endommagé, elle espéra que son courageux allié se portait bien, puis elle sortit en hâte : elle avait déjà une idée.

Derrière elle, les chocs des corps se mêlaient aux plaintes et aux ahanements d'un combat mortel, devant elle, le parc paisible s'étendait jusqu'à l'orée du Jardin des espèces pénibles dont les grands arbres bruissaient sous la brise. En partant à petit trot vers les bosquets, Ophidia rompit le silence en s'époumonant.

« Sphinx ! Sortez de votre retraite, j'ai une bonne question ! Une question à laquelle vous seul pouvez répondre ! Sphinx ! »

Quand elle reprenait son souffle, elle ajoutait à mi-voix des invectives choisies : « Réveille-toi, flemmard » ou « Un très-gros-chat plus attaché à sa sieste qu'à se secouer les puces ».

« J'ai entendu, lui répondit le sphinx. C'est pourtant de notoriété que le sphinx ne dort que d'une oreille. »

À quelques mètres d'Ophidia, la chimère franchissait les fourrés, son mufle étiré par un sourire mitigé. Sur son échine était juché Horton. Le visage inquiet du gamin s'éclaira en la voyant.

« Le petit m'a tiré de ma sieste en me bouchant les narines, j'ai des faiblesses pour cet enfant, je ne l'ai pas dévoré. Il vociférait que je devais me secouer les puces, avec un vocabulaire plus agréable, je dois le préciser.

– Mais Horton ne parle pas !

– Ah bon ? Vous devez être sourde. »

Le jeune jardinier haussa les épaules et glissa le long du flanc de sa monstrueuse monture, il la contourna pour lui saisir la queue. En agitant le tronçon, il fronça les sourcils, comme s'il rappelait à l'ordre deux enfants dissipés.

Au même instant, une vitre vola en éclats sur la terrasse, Ophidia se retourna à temps pour voir Ezekel s'étaler sans un cri, les bras en croix sur la mosaïque. X. Mentor jaillit par la porte comme un boulet de canon, et lui décocha un coup de pied dans les côtes. La violence de l'attaque fit rebondir le corps un mètre plus loin. L'assaillante finit sa course près de la balustrade et vira pour rejoindre le vaincu inerte. Concentrée sur sa prochaine offensive, elle n'avait pas aperçu le groupe disparate à l'orée du jardin. Elle marchait gracieusement, sa longue jambe nue découverte à chaque pas, féline sur les vertigineux talons à aiguilles, aussi acérés que le scalpel qu'elle tenait à la main.

Ophidia devina ce qui allait se produire, elle fondit vers la scène pour contrecarrer la magicienne sur le point d'achever Ezekel en le piétinant.

« Sphinx ! Nous n'avons plus une seconde à perdre. »

Et en courant, elle agita les bras, braillant pour attirer l'attention de la meurtrière, laquelle se rendit enfin compte qu'elle n'était plus seule avec sa victime, trop tard pour qu'elle s'enfuie.

« Sphinx », haleta l'infirmière en prenant pied sur la terrasse, « voici ma question : que feriez-vous à la personne qui vous a volé votre queue ? »

Dans son cou, elle sentit le souffle chaud de la chimère, un parfum de sable et de musc, quand la créature extraordinaire rugit avec la puissance d'une rage implacable :

« Enfin une bonne question ! D'horribles choses inimaginables.

– C'est elle, Xavièra Mentor vous a mutilé.

– C'est faux ! hurla la magicienne, acculée. « Cette moins que rien ment !

– C'est elle, répéta Ophidia, et elle a assassiné Hayat pour préserver son secret. »

Horton émit une plainte inarticulée et recula, avant de faire volte-face et s'enfuir vers les arbres.

« Le sphinx sait la vérité, Ophidia, nul ne peut la lui cacher, pas même Mentor et elle le sait. Ce monstre a arraché la queue pour l'utiliser dans ces expériences, pour créer la vie, des chimères, en détruisant. Ce monstre a tué mon Hayat, et j'étais son complice. Nous étions ses complices, Ezekel, Ivan, Bill et moi. »

Endrike avait rampé sur le sol, marquant sa progression d'une piste sanglante. Agrippé au montant de la porte, il essayait de se relever, mais ne put que s'agenouiller. Xavièra Mentor le fixait de ses yeux exorbités par la terreur puis les reportait avec une horreur encore plus grande sur le sphinx, impassible, immobile sur la mosaïque comme une statue assise de la justice.

« Ce n'était qu'un petit morceau », balbutia-t-elle enfin.

Ce fut ses derniers mots sur cette terre.

Plus rapide que la lumière et le temps, la créature magique brouilla le monde. Tout autour d'elle le parc, le Jardin des espèces pénibles, la villa et la bâtisse grise, l'Institut tout entier, les cités de la fracture et les terres immergées disparurent. Dans un autre endroit, ailleurs, un lieu cloisonné de parois suintantes et de couloirs palpitants, parcourus d'éclairs colorés à luminescence ouatée, le sphinx jeta Xavièra Mentor dans la boue spongieuse.

Le froid intense fit trembler la magicienne, incrédule d'être encore en vie. Elle se traîna à quatre pattes pour se recroqueviller dans un coin, loin du visage à demi humain qui l'observait d'un œil sans aménité. Le mur mou s'écrasa quand elle s'y adossa et lui consuma la peau, elle recula précipitamment en geignant.

« Où sommes-nous ?

– Dans mon estomac, peut-être », lui répondit distraitement la chimère.

***

Le soleil s'évanouissait à l'horizon barré par la grande bâtisse grise, la soirée d'été s'annonçait douce. En soupirant dans la fraîcheur de la brise, les ombres des arbres s'allongeaient sur le parc. Prêts à s'endormir, pensa Ophidia, les bras ballants au milieu de la jolie mosaïque en pastel. La fatigue la terrassait, si elle n'avait pas été si lasse, elle aurait regagné sa chambre, là-bas, de l'autre côté du Jardin des espèces pénibles. Mais pour l'instant, elle ne pouvait plus remuer un pied, solitaire parmi les vestiges du combat.

Le sphinx avait disparu d'une manière si étrange qu'il était impossible de se souvenir à quel moment il était encore là. Il n'y avait pas eu de tremblement de terre ni l'œil d'un cyclone au cœur de la tempête, la réalité avait basculé dans un territoire interdit. La chimère s'était évanouie comme si elle n'avait jamais été présente, et elle avait emporté Xavièra Mentor. Toute hypothèse que l'on pouvait bâtir autour de l'événement resterait pure conjecture.

Horton s'était enfui à l'annonce de la mort d'Hayat, il devait lui être très attaché. Bien que cette jeune femme demeure une inconnue et le demeurerait à jamais, l'infirmière supposait qu'elles auraient été amies, et ce sentiment irrationnel l'emplissait de tristesse. Ezekel avait quitté la terrasse dès qu'ils avaient réalisé l'absence du sphinx et de sa proie. Endrike n'avait pas protesté quand son frère l'avait chargé dans ses bras comme un fardeau fragile. Elle les avait regardés s'éloigner, sans leur demander où ils allaient, simplement soulagée qu'ils la débarrassent de leur compagnie meurtrière.

Ophidia remua légèrement, elle se tourna vers la villa, s'interrogeant vaguement sur les habitants de cette si jolie maison. Puis elle soupira en son for intérieur qu'à l'Institut, elle se retrouvait souvent seule avec les débris abandonnés par les pensionnaires. Son regard errait des traces de sang aux éclats de verre, il remonta vers la porte… une fillette d'une dizaine d'années se tenait sur le seuil.

Sous les couettes blondes, les joues rondes adoucissaient le minois triangulaire, éclairé par de grands yeux bleu pervenche battus de longs cils noirs. L'enfant vêtue comme une poupée sage lui souriait, un panier de fraises à la main, elle croquait un des fruits et le jus coulait sur son menton.

« Tu as faim ? Elles sont bonnes. Je m'appelle Alice et je t'attendais, mais tu en as mis un temps ! »

Urgence Prioritaire

de l'Institut *au Ministère des Précautions*

Poste à pourvoir immédiatement

Diplôme sanitaire et solide expérience.

Éthique et tempérament raisonnable de rigueur.

Manque d'imagination *INDISPENSABLE*.

Avantages

Logement spacieux et nourriture de qualité, locaux professionnels meublés, salaire à l'appréciation et à la charge des services du ministère.

Fonction

L'individu en très bonne santé s'assurera du bien-être des résidents et réglera les menus problèmes sociaux de la collectivité.

J'EXIGE UNE NOMINATION DANS *LES PLUS BREFS DÉLAIS*.

le Gérant

Bulletin Réponse

de ....

à l'Institut

Je, soussigné(e) ....,

sain(e) de corps ~~et d'esprit~~, déclare

☐ postuler à l'annonce de l'Institut

[redacted]

Conditions Générales d'Embauche

[redacted]

☐ J'ai lu et accepte les Conditions Générales d'Embauche

Signature ....

DÉJÀ DISPONIBLES

Savants fous, détectives de l'occulte, agents très spéciaux, et luchadores zombicides, ces héros hors du commun doivent affronter d'innombrables menaces : bouleversements magiques, meurtres bizarres, disparitions inquiétantes. Qu'ils portent un masque ou marchent à visage découvert, ils mènent l'enquête à la frontière de la réalité... et parfois bien au-delà.

Entrez donc, lecteurs égarés, venez à leur rencontre. Ils résident tous en ma demeure.

Entrez donc, venez découvrir
les saisons de l'étrange